캉탕

이승우

캉탕

이승우

소설

PIN

017

차례

캉탕   009

작품해설   220

작가의 말   238

PIN
017

캉탕

이승우

0

캉탕은 대서양에 닿아 있는 작은 항구도시다. 웬만한 지도에는 나오지도 않는다. 이곳 사람들은 그들이 사는 곳이 세상의 끝이라고 말한다. 인구가 많지 않고 외지인들이 거의 드나들지 않아 1년 내내 한적하지만 5월 중순에는 항구를 중심으로 제법 북적거린다. 일주일간 축제가 열리기 때문이다. 캉탕축제는 이 지역 사람들이 오래전부터 바다를 근거로 살아왔음을 유추하게 하는 내용들로 채워져 있다. 그물과 로프, 작살을 비롯한 각종 어구들이 동원된 어부들의 긴 행렬과 뱃노래 경연, 바다의 신에게 바치는 전통 제사의식, 크고 작은 배들이 바다 위에서 펼치는 매스게임과 카드섹션은 볼 만하다. 축제의 마지막 날에는 방파제에 가설된 아찔할 정도로 높은, 돛대 모양의 탑 위에서 사람들이 뛰어내린다. 바다의 신에게 바치는 이 지역 사람들의 오래된 인신 희생 제사의식의 순화된 형태다. 한 세기 전까지만 해도 바다의 신을 달래기 위해 바다 한가운데 사람을 빠뜨리는 이 제사 풍습이 남아 있었다. 캉탕의 조상들은, 제비뽑기를 통해 그해의 희생자가 정해지면 그들이 궁전이라고 부르는, 물살이 회오리치는 바다 한가운데로 그를 데리고 갔다. 마을의 모든 배들과 사람들이 함께 갔다. 어린아이도 예외가 아니었다. 배들이 궁전을 둥글게 둘러싸고, 마을 사람들이 지켜보는 가운데 선두에 있는 배의 돛대 꼭대기에서 희생자는 눈을 가린 채 뛰어내렸다. 사람들은 그가 바닷속 궁전에 들어가 산다고 믿었다. 이 의식은 지금은 폐지되었다. 그러나 바다를 근거로 사는 사람들에게 바다를 달래는 일의 필요는 사라지지 않는다. 그들은 여전히 순화된 형태의 의식을 계속한다. 놀이의 외양을 갖추고 있지만, 축제는 오로지 바다(의 신) 달래기를 위해 기획되고 구상되고 진행된다. 축제로 편입된 현대의 의식에서 희생자를 제비로 뽑는 과정은 사라졌다. 희생자라고 부르지도 않는다. 수심이 깊은 바다 한가운데로 가지도 않는다. 원하는 사람은 누구나 방파제에 만들어진 돛대 모양의 높은 탑 위에 올라가 바다로 뛰어내릴 수 있다. 실제로 많은 사람들이 그렇게 한다. 관광객도 참여할 수 있다. 놀이가 되었기 때문이다. 이 행사에 참여하려고 멀리서 일부러 오기도 한다. 사람들이 그 높은 곳에 올라가서 바다로 뛰어내리려고 하는 것은 뛰어내리면서 큰 소리로 외치면 무엇이든 이루어진다는 속설 때문이다. 이 미신 같은 믿음이 어떻게 생겨났는지는 알 수 없다. 자발적 희생자 확보를 위한 배후의 은밀한 구상을 상정하지 못할 이유가 없다. 이루어져야 할 소원을 가진 사람들이 그렇게 많다고 해야 할지……. 그들을 희생자라고 부르지 않기도 하거니와 그들에게 희생자 의식이 있는 것도 아니다. 그러나 돛대 모양의 탑에서 뛰어내리는 그 사람들을 부르는 '파다'라는 말은 그 지역 방언으로 '뽑힌 자'라는 뜻이다. 자기가 원해서 스스로 그 위에 올라가지만, 그러나 그는 뽑힌 자로 거기서 떨어진다.

1

걷고 보고 쓴다. 한중수는 그것 말고 어떤 계획도 세우지 않았다. 계획을 세울 여유 같은 것이 없었다. 걷고 보고 쓴다는 것을 계획이 아니라고 할 수 없긴 하다. 하지만 그 계획은 한중수가 세운 것이 아니다. 걷고 보고 쓸 것. 그것은 그를 한번에 두 시간씩 다섯 번 상담한 J의 조언이었다. 한중수의 친구이기도 한 정신과 의사 J는 그에게 긴 휴식을 제안했다. 하던 일을 그대로 두고 떠나라. 책상을 치우려고도 하지 말고 그냥 몸을 일으켜라. 하지 않던 일을 하고 가지 않던 곳으로 가라. J는 예언자처럼 말했다. 그렇게 느낀 것은 한중수였다. J는 한중수가 스스럼없이 속내를 털어놓는 거의 유일한 친구였다. 그는 J가 자기보다 자기를 더 잘 알지 모른다는 생각을 가끔 하곤 했다. 그도 그럴 것이 그는 자기가 어떤 사람인지 모르겠다는 생각을 종종 하는데 J는 그가 어떤 사람인지 잘 안다는 듯 자주 말하기 때문이다. 한중수는 스스로를 복잡한 사람이라고 생각하지 않는데, J는 그가, 적어도 그가 생각하는 것보다는 훨씬 복잡한 인간이라고 간주하는 듯한 표현을 자주 했다. '이 세상에 복잡하지 않은 인간은 없다'는 전제 아래 하는 말이어서 그가 특별하지 않다는 것 말고 다른 뜻이 없는 말이긴 하지만, 그럼에도 불구하고 그는 마음에 대한 전문가인 친구가 자기를 특별하다고 말해주는 것 같은 생각을 하곤 했다. 한중수가 J를 그만큼 신뢰한다는 뜻으로 이해할 수 있는 이 에피소드는 J의 충고를 받아들여 걷고 보고 쓰는 것 말고 아무 계획도 없이 낯선 곳을 향해 훌쩍 떠난(정말로 그는 책상을 치우지 않고, 마시던 커피 잔조차 그대로 둔 채 집을 떠났다) 그의 행보를 자연스럽게 받아들이게 한다. 물론 그의 상태가 전문가의 충고를 더 이상 물리칠 수 없을 만큼 엉망이 되어 있었다는 사실이 더 중요하긴 하다. J는 말했다. "니체는 하루에 여섯 시간씩, 어떨 때는 여덟 시간씩 걸었다고 한다. 지독한 두통을 잊어보려고 그랬다는 거야. 젊을 때부터 만성적인 두통에 시달렸는데 걷다 보면 어느새 두통이 사라졌다고 하지. 언젠가 친구에게 쓴 편지에 자기가 쓴 책 속의 거의 모든 생각들이 걷는 중에 떠올랐다고 고백하기도 했어. 겨우 몇 줄만 빼놓고 전부 다 길을 걷는 도중에 생각났다고 말이야. 사실이라면 대단하지 않아? 사실이겠지. 사실이 아니라고 의심할 이유가 없잖아? 그러니까 그 좁아터진 머릿속에 그렇게 엄청나게 많은 생각들이 들어 있어서 늘 머리가 아팠던 게지. 걷기의 자극을 받음으로써 그 생각들이 밖으로 빠져나와 책이 되었던 거고. 그것들이 빠져나가면서 두통도 사라진 게 아니겠어? 물론 일시적이었겠지만. 그러니 매일 여섯 시간씩, 여덟 시간씩 걸을 수밖에 없었을 테지." 한중수는 J가 니체를 자기와 동일시하는 게 아닌 줄

알면서도, 자기에게 내린 걷기 처방을 유효한 것으로 받아들였다. 니체와 그는 동일시할 수 없지만 니체의 두통은 그의 증상과 동일시할 만했다. 증상의 동일시를 받아들인다면 처방의 동일시도 받아들이지 못할 이유가 없을 것이다. "걸으면서 보고 본 것을 쓸 것. 다른 것, 말하자면 그동안 줄곧 신경 써온 것들은 일체 신경 쓰지 말 것. 너는 니체가 아니니까 본 것이 모두 책이 되지는 않겠지만 말이야."J는 처방의 효율을 높이기 위해 주의사항을 알려줬다. 보려고 걷지 말 것. 쓸 것이 없으면 쓰지 말 것. 그저 걸을 것. 걷는다는 의식도 하지 말고 걸을 것. 한중수는 길을 떠나기 위해 짐을 꾸리면서 어쩌면 J로부터 그런 조언을 듣기 전에 자기 안에 그런 마음이 이미 자리 잡고 있는지 모른다는 생각을 했다. 자리 잡고 있는 것을 그는 몰랐는데 J는 알았다. 그래서 그것을 꺼내주었다. 그가 어떤 이유로 차마 할 수 없는 것을 J는 하게 했다. 자기보다 J가 자기를 더 잘 안다는 생각이 드는 때가 그런 순간이었다. 어떤 계획도 세우지 않는 것. 아무것도 신경 쓰지 않는 것. 그것이 어려웠다. 그렇게 살지 않았기 때문이었다. 그렇게 사는 것이 허용되지 않는 삶을 살았기 때문이었다. 한중수는 이제 형기를 마쳤으니 문을 열고 나가도 된다고 말하는 간수의 선언을 기다려온 것 같았다. 어딘가 미심쩍었음에도 불구하고 한번 그런 생각이 들자 그동안 정말로 자기가 감옥에 갇혀 지낸 것 같아졌고, 그래서 책상 위의 커피 잔도 치우지 않은 채 서둘러 집을 나섰다.

2

나는 아무 데도 갈 곳이 정해져 있지 않았기 때문에 아무 데도 갈 수 없었다. 아무 데나 갈 수 있는 사람은 아무 데도 갈 수 없다. 아무 데나 갈 수 있는 사람은 자유로운 사람이 아니라 무능한 사람이다. 허용된 것이 아니라 내버려두어진 것이기 때문이다. 자유는 이것과 저것 사이에서의 선택의 가능성에 붙여진 이름이다. 이것과 저것이 없거나 이것과 저것의 차이가 없을 때 선택의 가능성은 제거된다. 즉 자유가 없어진다. 벽의 존재가 벽을 넘을 자유를 보장한다. 벽이 없는 곳에서는 벽을 넘을 수 없다. 벽이 없으면 자유도 없고 능력도 없다. 벽이 수평의 땅과 차이를 보이지 않는 곳에서도 벽을 넘는 것은 불가능하다. 내버려 둠의 상태를 자유와 혼동하지 말 것.

3

여섯 번째 상담에서 J는 한중수에게 낯선 주소
를 주었다. J는 한 달도 되지 않아 그를 찾아와 자
유와 무능과 내버려둠에 대해 두서없이 주절거
리는 한중수에게서 두려움을 읽었다. 그동안 해
온 것과 다른 일을 하는 데에 대한 부담을 느끼
고 있는 것이 분명해 보였다. J는 한중수에게 '다
른' 일을 주문한 것이 아니었으나 한중수는 다른
'일'을 수행하는 사람처럼 움직였다. 한중수는 표
현하지 않았지만 J는 그가 두려워한다고 생각했
다. 한중수가 표현하지 않은 것은 두려움을 느끼
고 있다는 사실을 모르거나 그 사실을 부끄러워

하기 때문이라고 J는 생각했다. 어느 쪽이든 크게 다르지 않지만 부끄러움보다는 무지 쪽이 낫다는 것이 정신과 전문의의 판단이었다. 왜냐하면 그 두려움이 미지의 세계에 대한 막연한 두려움이 아니라 잘 아는 곳, 익숙한 곳으로부터 떨어져 나가는 데 대한 실제적인 두려움일 확률이 높기 때문이었다. 어떤 이는 미지의 세계에 대한 갈망에 시달리지만, 모든 사람이 그런 것은 아니다. 근사한 다른 세계를 향한 동경은 이 세계로의 귀환을 담보로 한다. 이 세계로의 귀환이 담보되어 있는 상태의 떠돎은, 그 시간이 아무리 길다고 해도 여행일 뿐이다. 여행자의 자유로움과 여유는 여행지에서의 새로운 경험이 아니라 보장되어 있는 귀환에서 비롯한다. 그렇지 않을 때 낯선 세계는 동경이 아니라 두려움의 대상이 된다. 이 세계에서 상처를 입은 이도 이 세계에서 떨어지는 것을 겁낸다. 사람은 누구나 어느 정도 애착자들이다. 한중수의 미지의 세계에 대한 두려움의 내용이 실은 기지의 세계로부터 분리되는 것에 대한 두려움이라는 사실을 굳이 알려줄 이유는 없다

고 생각했으므로 J는 그것을 지적하는 대신 구체
적인 방안을 제시했다. 그의 손에 주소를 쥐여주
는 것이었다. 한중수가 자기보다 자기를 더 잘 안
다고 평가한 J는 한중수의 상태가 심각하지만 니
체의 상태가 심각한 것처럼 심각하다고 판단했
다. 말하자면 그는 외과적 수술이나 약물을 필요
로 하는 환자가 아니었다. 그는 자기 세계 밖으로
나가야 했다. 이 세계의 인력이 미치지 않는 곳으
로 이동해 갈 필요가 있다는 것이 J의 판단이었
다. "네가 원한다면 아주 먼 곳을 소개해줄 수 있
어. 아주 다른 곳. 이제까지의 이곳의 네가 현재
의 너를 간섭할 수 없는 곳. 나는 네가 원했으면
좋겠어." 누군가로부터 받은 주소는 실체가 아니
면서도 실체를 가진 것 같은 착각을 주어 미지의
세계에 대한 두려움을 가진(그 두려움이 기지의
세계에서 분리되는 것에 대한 두려움이라는 사실
을 의식하지 못한) 사람을 안심시킨다. 손에 쥐여
주는 물리적 감각의 효능을 알기 때문에 J는 굳
이 흰 종이에 볼펜으로 큼지막하게 쓴 다음 반을
접어 한중수의 손에 건네주었다. 그는 한쪽 손으

로 주소가 적힌 종이를 받아 든 한중수의 손바닥을 지그시 누르고 다른 손으로 그의 팔을 감쌌다. 비밀스러운 어떤 것을 전달하는 진지한 의식처럼 보일 수 있는 장면이었다. 그 순간 한중수는 가슴이 뻣뻣해지는 것 같은 경험을 했는데, 그것이 일종의 자신감, 그러니까 그가 잘 아는 이곳을 떠나는 것이 그가 잘 모르는 아무 데로 무작정 나가는 것이 아니라 잘 모른다고 할 수 없는 저곳을 향해 진행하는 것에 다름 아니라는 인식에서 말미암은 뿌듯함을 어렴풋이 느낄 수 있었다. 그것으로 충분했다. "젊을 때 『모비 딕』에 미친 사람이야. 멜빌의 소설 말이야." 한중수를 되도록 멀리, 이곳의 인력이 미치지 않는 곳으로 떠나보내야겠다고 생각했을 때 J의 머리에 떠오른 사람이 있었다. 그는 그 사람에 대해 이야기했다. "그 책에 나오는 사람들이 실제 인물이라고 믿었다니까. 작가가 젊은 시절에 몇 년간 고래잡이배를 탔다고 해도, 그건 작가의 상상력을 너무 얕잡아 보는 처사지. 안 그래? 아무튼 그 양반, 고래를 잡겠다고 배를 탔어. 고래를 잡기는 했겠지. 망망대해에서 고래와 대결하는 재미가 만만치 않았을 테고. 하지만 실제로는 세상을 떠돌아다니고 싶어 포경선을 탔을 거야. 책을 통해 세상의 넓이와 문학의 매력을 맛본 청년에게 밭에 거름 주고 바다에서 김 뜯어 오고 하는 머슴 노릇이 좀 갑갑했을라고. 실제로 남의 집에서 머슴살이를 했다고 해. 고향을 떠난 후 오랫동안 고래잡이배의 선원 노릇을 하며 살았는데, 어느 해 배가 정박한 항구에서 만난 여자에게 빠져 살림을 차리고 그곳에 정착했어. 그러고는 다시 배를 타지 않지. 그 양반, 정착지를 찾기까지 떠돌아다닌 거라고 해야 할까. 정착지를 찾지 못해 떠돌아다닌 거라고 해도 되겠지. 떠돌아다녀야 정착할 곳을 찾을 수 있다는 교훈도 아주 억지스럽지는 않을 테고……. 정박할 때까지는 바다에서 내리지 않는다, 이게 그 양반이 내게 한 말이야. 대학 졸업 무렵에 딱 한 번 봤어. 배낭 메고 여기저기 여행하다가 그분이 사는 데를 가봤거든. 쉽게 갈 수 있는 곳은 아니었어. 어떻게 그런 곳에 들어가 살고 있는지 신기하더라. 그때 그 양반이 한 말이야. 정박할 때까지는 바다에서 내리지 않는다. 그 말만 한 건 아닌데 이상하게 그 말이 잊히지 않아. 바다에서 내린다니. 이 양반, 바다를 탈것 취급한 거라니까. 우리 어머니의 동생, 그러니까 내 외삼촌이야." 한중수는, 외삼촌이 있었어? 하고 물었지만, 정말로 궁금한 것은 아니었고, 그래서 J의 대답을 기다리지도 않았다. 그 대신 그는 친구가 손에 쥐여준 종이 위의 주소를 주의 깊게 들여다보다가 띄엄띄엄 입을 열었다. "아주 멀구나, 여기는." J는 고개를 끄덕였다. "멀지. 세상의 끝이라니까."

4

정박할 때까지는 바다에서 내리지 않는다. 이 말을 한 사람에게 바다는 큰 배와 같다. 배는 사람이나 물건을 싣고 여기서 저기로, 가깝거나 먼 곳으로 이동한다. 아주 오래 걸리긴 해도 결국 배에 탄 사람이나 물건은 어딘가에 도착하면 내린다. 아무리 오래 머물러도 그가 배에 있는 한 그는 이동하고 있는 것이지 살고 있는 것이 아니다. 배는 이동 수단이지 주거 수단이 아니기 때문이다. 그곳에 사는 데 필요한 조건들이 다 갖춰져 있어도, 그곳에 아무리 오래 머물러도 사정은 달라지지 않는다. 어떤 사람에게 바다가 큰 배에 다름 아니라면 다른 누군가에게는 이 세상이 큰 버스나 기차일 수 있다. 배에 탄 사람이 그런 것처럼 버스나 기차에 타고 있는 사람도 그곳에 사는 데 필요한 조건들이 두루 갖춰져 있고, 그곳에 아주 오래 머문다고 하더라도 다만 이동하고 있을 뿐 진정으로 살고 있는 것은 아니다. 정차할 때까지는 이 세상에서 내리지 않는다. 내릴 수 없기 때문이다. 그런데 이 바다는, 이 세상은 어디로 가는 중일까?

5

이것은 J에 의해 한중수에게 전해진, 그러니까 J가 알고 있는 J의 외삼촌, 한때 최기남이었던 핍의 이야기다. 그가 정박한 곳은 대서양의 이름이 거의 알려지지 않은 항구였다. 그가 탄 포경선은 그곳에 머물 계획이 없었다. 바다 한가운데서 태풍을 만나 배가 뒤집힐 뻔한 위기를 넘긴 후 엔진에 이상이 생기지 않았다면 그곳에 정박하지 않았을 것이다. 선장은 포세이돈의 위세에 눌려 의기소침해진 선원들에게 휴식을 제공할 겸 배를 수리할 작정을 하고 가까운 항구를 찾았다. 조수 간만의 차이가 심한 곳이어서 해안가에 배를 댈 수 없었다. 바다 한가운데 닻을 내리고 작은 보트로 옮겨 탄 선원들이 육지에 닿았다. 숙박과 식사와 음료를 한꺼번에 제공하는 바닷가의 허름한, 간판도 없는 선술집 같은 곳에서 핍은 나야를 만났다. 그녀는 그 선술집 주인의 딸이었는데, 십수 명의 선원들이 갑자기 들이닥치자 부모의 일을 거들었다. 보자마자 첫눈에 반하는 일은 일어나지 않았다. 그녀의 외모가 뛰어나지 않았다는 뜻은 아니다. 거의 2년 가까이 물 위를 떠돌던 스물다섯 살의 뱃사람이 주의를 기울이기에 그녀는 너무 어려 보였다. 푸짐한 인상의 주인집 여자에 비해 그 딸은 빈약해 보이기도 했다. 배에서 막 내린 선원들은 그녀가 아니라 몸집이 있고 단골손님 대하듯 외지인들에게 사근사근한 그녀의 어머니에게 더 끌렸다. 노골적으로 추근대는 이도 있었다. 핍 역시 주인집 여자를 가끔 힐끗거리긴 했지만 그녀의 딸에게는 시선을 주지 않았다. 저녁 식사 후 약간 감상적이 되어 왁자지껄한 술자리에서 빠져나온 그는 쏟아질 것 같은 별들을 올려다보며 바닷가를 거닐었다. 술기운 탓인지 육지 멀미라고 할 수 있는 메스꺼움이 느껴졌다. 그는 흙냄새와 풀냄새를 좇아 코를 킁킁거리며 걸었다. 철썩거리는 파도 소리 말고는 아무 소리도 들리지 않는 적막 속에서 문득 어떤 노랫소리가 들려왔다. 처음에 그 소리는 아주 희미하고 작아서 찰싹거리는 파도 소리의 일부인 것처럼 여겨졌다. 그러다가 차츰 사람이 부르는 노랫소리라는 게 선명해졌는데, 그랬다는 것은 그가 걸어가는 쪽에서 누군가 노래를 부르고 있다는 뜻이었다. 맑고 고운 음색이었지만 처연한 느낌을 주는 노래였다. 그는 자기도 모르게 귀를 모으고 노랫소리가 들려오는 쪽으로 계속 걸어갔다. 돌담으로 모래밭과 경계를 이루고 있는 어느 집 앞에 멈춰 서서 그는 귀를 기울였다. 전혀 다른 멜로디인데도 그의 귀에는 어린 시절 들었던 자장가의 선율이 들렸다. 어린 시절 어머니가 그를 재우기 위해 자장가를 불렀는지는 알 수 없지만 그는 자장가를 들으며 잠든 기억을 가지고 있지 않았으므로, 그 자리에서 어린 시절의 자장가 선율을 떠올렸다는 것은 이상한 현상이 아닐 수 없었다. 그러나 그는 그것이 이상한 현상이라는 사실을 의식하지 못했고, 그저 어린 시절에 그랬던 것처럼 저 노래를 부르고 있는 사람의 품에 안겨 잠들고 싶다는 갑작스러운, 끊기 힘든 충동에 붙들렸다. 지친 육체와 외로운 정신을 무너뜨리는 한없이 부드러운, 최초의 품과도 같은 노래. 그는 뱃사람을 유혹하는 세이렌의 노래에 대해 알고 있었다. 그 노랫소리에 매혹되어 바다로 뛰어들지 않으려면 오디세우스가 그런 것처럼 귀를 밀랍으로 막거나 돛대에 자기 몸을 묶어야 한다는 것도. 그러나 그는 노래하는 세이렌의 이야기가 물과 하늘의 감옥에 갇혀 지낸 선원들의 깊은 향수병과 관련되어 있다고는 생각하지 못했다. 세이렌이 부른 노래는, 모르긴 해도 자장가가 아니었을 것이다. 그러나 그 노래에 홀린, 지친 육체와 외로운 정신의 선원들은 모두 자기가 어린 시절 들었던, 들었다고 믿는 자장가의 선율로 바뀌 들었을 것이다. 그것은 어머니의 품, 고향, 여인에 대한 그리움을 대변한다. 그렇지 않다면 유혹당하는 자의 이 자발적인 파멸을 어떻게 설명할 것인가. 그러니까 그 이야기는 세이렌의 빼어난 노래 실력을 찬양하기 위해서 만들어진 게 아니라 지치고 외로운 영혼들의 향수병을 경고하기 위해 만들어진 이야기다. 핍에게는 귀를 막을 밀랍이 없었고 자기 몸을 묶을 돛대 또한 없었다. 그는 자기도 모르는 힘에 이끌려 노래 속으로, 노래가 흘러나오는 집으로 들어갔다. 그 집이 그 선술집 여주인의 집이었고, 노래를 부르는 이는 저녁 식사 시간에 식당 일을 돕던 소녀였다. 아니, 소녀가 아니었다. 모처럼 마신 육지 공기에 정신이 나가 왁자지껄 떠들어대는 뱃사람들의 탁하고 거친 움직임 속에서 얌전히 식탁을 치우고 음식을 나를 때는 소녀였지만, 깜깜한 바다를 향하고 앉아 처연한 멜로디의 노래를 부르는 그녀는 소녀가 아니었다. 그에게 그녀는 세이렌이었다. 세이렌은 여자의 머리, 혹은 가슴과 물새의 몸을 가진 요정으로 전해온다. 화가들은 그녀를 남자들이 홀릴 만한 매력적인 용모를 가진 여성으로 그렸다. 화가들의 고충을 이해할 만하다. 세이렌의 매력은 노래(목소리)인데, 노래일 뿐인데, 선원들은 세이렌의 얼굴이나 몸이 아니라 노래를 듣고 홀렸을 뿐인데, 화가들은 그 노래를 보여줄 수 없어서 매력적인 얼굴과 몸을 가진 여성으로 표현할 수밖에 없었다. 그 노래를 듣고 홀린 선원들은 거의, 아마도 전부 남성들이었을 테니까. 세이렌은 소리이지 모습이 아니다. 모습이 있더라도 그 모습은 말해질 필요가 없는 것이다. 세이렌의 매력은 청각의 자극을 통해 오는 것일 뿐 시각과는 상관이 없기 때문이다. 소리만 하늘과 바다를 날아다닐 뿐 모습은 보이지 않는다. 그러므로 세이렌에게 갈 수 없다. 노래에 홀린 자들이 바다로 뛰어드는 것은 하늘로는 날아갈 수 없기 때문이다. 바다와 하늘이 구별되지 않기 때문이다. 다만 노래일 뿐 바다도 하늘도 보이지 않기 때문이다. 화가의 붓은 노래를 잡을 수 없다. 이미지는 노래에 비해 얼마나 열등한가. 이미지는 공간에 고착되지만 노래는 공간을 넘나든다. 고래잡이배의 선원인 핍이 다가갔을 때 그녀는 모습을 가지고 있지 않았다. 달도 없는 깜깜한 밤에 철썩거리는 파도 소리를 반주 삼아 부르는 노래만 있었다. 세이렌이 그런 것처럼 그녀는 오직 노래로만 존재했다. 그는 어릴 때 어머니로부터 들었던, 들었다고 믿고 있는 자장가를 다시 들었으므로, 들었다고 믿었으므로, 어릴 때 들었던, 들었다고 믿고 있는 자장가가 그런 것처럼 이 노래 역시 지친 육체와 외로운 정신을 가진 그를 편안하게 품어줄 거라고 믿었다. 그가 처음 들은, 들었다고 믿는, 그러나 실상은 기억하지 못하는 최초의 자장가는 실은 어머니의 배 속에서 들은 것이다. 그래서 기억하지 못하는 것이다. 이 노래는, 기억하지 못할 정도로, 기억하지 못하는데도 들었다고 믿을 정도로 근원적이다. 몸이 만들어질 때 아직 형성되지 않은 세포들이 들었기 때문이다. 형성 중인 세포들 속에 스며 세포를 이루는 성분 가운데 하나로 섞였기 때문이다. 그러니까 그가 뛰어든 바다는 어머니의 품이었다. 그는 잘 의식하지 못했지만 심지어 어머니의 자궁 속이기도 했으므로 익사를 걱정할 필요가 없었다. 양수의 성분이 바닷물과 흡사하다는 것은 굳이 덧붙일 필요가 없다. 그리고 그렇게 되었다. J는 이 이야기를 오래전에 외삼촌인 핍으로부터 직접 들었다고 했다. 그는 꿈에 대해 말할 때 문학청년이었던 우리 외삼촌, 이라고 호칭했다.『모비 딕』에 빠져 고래잡이배를 탔다는데, 고래잡이배를 타는 바람에 소설을 쓰지 못했지,『모비 딕』의 작가와는 달리 말이야, 라고 말할 때는 진심으로 이루지 못한 외삼촌의 문학적 꿈을 아쉬워하는 것처럼 보였다. 그러나 그는 그 외삼촌을 평생 한 번밖에 보지 못했으니 꿈에 대해 잘 안다고 말할 수 없다. 대학을 졸업하던 해 배낭을 메고 찾아갔을 때 그의 외삼촌은 웬만한 지도에는 표시도 되어 있지 않은 대서양의 작은 항구도시에서 숙박과 식사와 음료를 함께 제공하는 선술집을 운영하고 있었다. 그곳에 정착한 지 20년이 된 외삼촌은 현지인과 구별되지 않을 정도로 잘 적응해 살고 있었다. 익숙해 보였고 여유가 넘쳤다. 여주인은 그 집의 운영을 딸과 사위에게 맡기고 바닷가 집에 들어앉은 지 오래였다. 그 집의 음식 메뉴에 생선조림과 돼지고기 보쌈이 추가된 것은 J의 외삼촌이 운영을 맡으면서였다. 생선조림과 보쌈은 그가 직접 조리했다. 뜻밖에 현지 사

람들의 반응이 나쁘지 않다고 했다. "가면 꼭 보
쌈을 먹어봐. 먹고 나서 칭찬하는 거 잊지 말고.
우리 외삼촌이 자기 요리 솜씨 칭찬하는 거 좋아
하거든." J는 신나서 이야기했다. 자기의 부담을
줄여주려고 일부러 그러는 것 같다고 생각하면서
도 한중수는 마음이 조금씩 달아오르는 것을 느
꼈다. 피부색도 언어도 다른 사람들 틈에 끼어 앉
아 돼지고기 보쌈을 먹는 자신을 상상하자 슬그
머니 웃음이 나오려고 했다. 나쁘지 않은 징조라
고 그는 생각했다. 그는 핍을 보고 싶었다. 바다
에서 내린 후 다시는 배를 타지 않은 사내. 바다
에서 내렸으므로 정박했고, 정박했으므로 바다에
타지 않은 남자.

6

"배는 모든 환대를 피해서 도망쳐야 한다." 내 가방에는 『모비 딕』이 들어 있다. 마치 그 책이 J의 외삼촌인 핍에게 가는 데 필요한 여권이라도 되는 것처럼 나는 신경 써서 가방에 넣었다. 갈아입을 옷 몇 벌을 빼면 그 책 말고 챙긴 것이 거의 없다. 비행기 안에서 읽기 시작했고, 기차와 버스 안에서도 읽었다. 긴 여행이었다. 젊은 나이에 『모비 딕』에 홀려 고래잡이배를 탄 남자를 이해할 수 있을지 모른다는 막연한 기대가 독서의 동기였는데, 정말로 그 사람을 이해할 수 있을 것 같은 생각이 들어서 계속 읽었다. 어떤 부분은 여러 번 읽었다. 벌킹턴이라는 이름의 선원에 대해 쓰고 있는 23장은 거의 쪽 정도가 되었다. 거기서 이 선원은 폭풍에 시달리며 바람에 따라 떠밀려 가는 배에 비유된다. 배는 바다 위에 떠 있다. 즉 바다에 타고 있다. '정박할 때까지는 바다에서 내리지 않는다'고 말할 때 핍 역시 자기를 바다에 타고 있는 배와 동일시하고 있는 것이 틀림없다. 벌킹턴에 대해 말하는 이 소설의 화자 이슈메일의 목소리는 장엄하고 비장하다. 찬가 같기도 하고 연설 같기도 하고 추모사 같기도 하다. 그도 그럴 것이 이 장은 '벌킹턴의 묘석 없는 무덤'이기 때문이다. 그는 폭풍을 만난 배에게 베풀어지는 항구의 자비로움과 안락함과 편리함에 대해 말한다. 난로와 저녁 식사, 따뜻한 담요, 친구들……. 그러나 그는 곧바로 폭풍 속의 배에게 그 자비롭고 안락한 항구야말로 가장 절박한 위험이라고, 그대가 진정으로 배라면 모든 환대를 피해 도망쳐야 한다고 역설한다. "배는 돛을 모두 펴고 전력을 다해 해안에서 멀어지려 한다. 그러면서 배를 고향으로 데려가려는 바로 그 바람과 맞서 싸우고, 또다시 거친 파도가 배를 때리는 망망대해로 나가려고 애쓴다. (……) 바람이 불어가는 쪽이 안전하다 할지라도, 수치스럽게 그쪽으로 내던져지기보다는 사납게 으르렁대는 그 무한한 바다에서 죽는 것이 더 낫다. 그렇다면 어느 누가 벌레처럼 육지를 향해 기어가고 싶어 하겠는가!"

이슈메일은 벌킹턴에게 완강하게 버티라고, 바다의 물보라 속에서 죽어 반신반인의 영웅이 되라고, 신이 되어 솟아오르라고 선동한다. 육지에는 없는 가장 숭고한 진리가 거기 있기 때문이라고 한다. 항구에 정박한 핍은 신이 되는 대신 인간이 되는 편을 택한 것인가. 바다에서 죽어 신이 되는 대신 육지에서 살아 인간이 되는 편을? 이슈메일에 의해 육지에는 없고 바다에만 있다고 선언된 숭고한 진리는 신화, 즉 비현실이다. 신이 되려고 하는 자는 항구, 즉 육지를 거부하고 바다, 혹은 바다의 대칭인 하늘을 떠돈다. 바다와 하늘의 출렁임, 무한함은 육지의 견고함, 유한함과 대비된다. 그렇다면, 고래는 신이 되려는 욕망을 가진 자를 유인하는 신화적 동물인 셈이다. 별이 사람을 하늘로 유인하는 것처럼 고래는 바다로 유인한다. 성경이 바다에서 사는 생물 가운데 가장 거대하고 무시무시하고 경이롭다고 지칭하는 리바이어던은 아마 고래일 것이다. 『모비 딕』의 작가는 그중에서도 가장 몸이 큰 향유고래라고 확신하는 것이 분명하다. 그러니까 고래를 잡으려는 욕망을 가진 자는 신이 되려고 하는 자이다. 한때 핍도 그런 욕망에 사로잡혀 바다로 나갔고 바다에서 산 것이 아닌가. 그런데 그는 신의 세계에서 인간의 현실로, 육지로 귀환했다. 신으로서 죽고 인간으로 태어났다. 신화의 바다에서 익사하고 현실의 육지에서 살았다. "배는 모든 환대를 피해서 도망쳐야 한다." 멜빌의 이 문장은, '도망칠 수 없는 환대를 만나면 숙명인 줄 알아야 한다. 숙명은 환대해야 한다'는 주석을 필요로 한다. "정박할 때까지는 바다에서 내리지 않는다." 핍의 이 문장은, '정박할 항구를 찾을 때까지는 바다에서 내리지 않는다'는 문장으로 의역하는 것이 마땅하다.

7

핍이 언제 잠에서 깨는지 한중수는 알 수 없다. 그가 언제 잠드는지도 마찬가지로 알지 못한다. 보통의 경우에는 방의 불이 꺼지는 시간을 잠드는 시간, 혹은 잠들기 위해 자리에 눕는 시간이라고 추정할 수 있지만, 이 노인에 대해 그렇게 말하는 것은 맞지 않다. 왜냐하면 그 방의 불이 켜져 있는 것을 거의 볼 수 없기 때문이다. 켜지지 않은 불이 꺼질 수는 없는 일이고, 그러므로 잠드는 시간을 유추하는 것도 불가능하다. 한집에 살지만 좀처럼 그를 볼 수 없다. 한중수는 최근에야 그가 하루에 한 번 일정한 시간에 집에서 나간다는 사실을 알게 되었다. 오후 세 시 무렵에 집을 나간 그는 두세 시간 만에 돌아오기도 하고 밤늦게 돌아오기도 했다. 집에 있을 때 그가 무슨 일을 하는지도 도무지 알 수 없었다. 한중수는 딱 한 번 핍이 사는 1층에 들어가본 적이 있었다. 그 집에 살기 시작한 지 일주일쯤 되었을 때인데, 갑자기 그가 묵고 있는 2층 주방의 개수대 물이 역류해서 부엌이 물바다가 될 뻔했기 때문이었다. 그로서는 주인에게 해결해달라고 부탁하는 것 말고 다른 방법이 없어서 1층으로 내려가 문을 두드렸는데 반응이 없었다. 이름을 불러도 대답이 없었다. 문을 살짝 밀어보니 다행히 잠겨 있지는 않았다. "안에 계세요?" 그는 문을 열고 조심스럽게 한 발을 집어넣었다. 실내는 어두컴컴했는데, 늦은 아침 식사를 막 끝낸 시간을 감안하면 믿을 수 없는 일이었다. 불을 켜야 할 시간이 아닌데 불을 켜야 할 정도로 어두운 것도 이해할 수 없지만, 불을 켜야 할 정도로 어두운데 불이 켜져 있지 않은 것도 이해하기 어려웠다. 잠을 자고 있거나 외출을 했거나 둘 중 하나일 것이다.

어느 쪽이든 난감한 상황이 아닐 수 없었다. 그러나 2층 부엌의 사정이 워낙 좋지 않았으므로, 핍이 외출을 했다면 어쩔 수 없지만, 자고 있다면 깨우지 않으면 안 되었다. 한중수는 그가 자고 있다고 단정하고 깨우기로 마음먹었다. 그는 목소리를 높여 안에 있느냐고 묻고, 개수대에서 물이 솟구쳐 집 안이 물바다가 되게 생겼다고 말하고, 그래도 아무 반응이 없자 벽을 더듬어 전등 스위치를 찾았다. "불 꺼." 천장에 매달린 범선 모양의 전등에 불이 들어와 실내가 밝아지는 순간 다급하게 외치는 목소리에 놀라 한중수는 곧바로 전등 스위치를 내렸다. 칙칙한 담요를 걷어내며 소파에서 몸을 일으키는 그의 모습은 영락없이 겨울잠을 자는 짐승처럼 보였다. 짐승이 웅크리고 있던 주변이 희미하게 눈에 들어왔다. 탁자와 바닥이 크고 작은 여러 가지 물건들로 어지러웠다. 이제 막 이사를 와서 짐을 풀었거나 이사를 가려고 짐을 싸고 있는 집처럼 보였다. 내부가 깜깜한 것은 창문에 짙은 색 담요를 씌워 빛이 들어오는 것을 막아놓았기 때문이었다. 한중수는 잠을 깨운 것이 미안해서 머리를 긁적이며, 2층 부엌의 형편을 조금 과장해서 설명했다. "하수관이 또 말썽을 일으켰나." 노인은 미안해하지도 않고, 그렇다고 귀찮아하는 것도 아닌 얼굴로 가늘고 긴 쇠막대와 솔을 찾아 들고 2층으로 올라갔다. 개수대의 구멍에 쇠막대를 쑤셔 넣는 손놀림이 능숙했다. 음식 찌꺼기가 섞인 더러운 물에 손목까지 잠기는 것도 아랑곳하지 않았다. 잠시 후 탁한 거품과 함께 새끼 짐승이 칭얼거리는 것 같은 소리를 내며 물이 빠져나갔다. "이런 일이 또 생기면 이걸 써." 핍은 막힌 개수대를 뚫은 그 원시적인 기구를 소중한 물건이라도 되는 양 한쪽 벽에 세워놓고 들어올 때처럼 성큼성큼 걸어서 1층으로 내려갔다. 그가 발을 디딜 때마다 낡은 나무 계단이 삐거덕 관절 꺾이는 소리를 냈다. 문이 닫히고 어둠에 잠긴 1층은 사람이 사는 집의 기운까지 감췄다. 한중수는 문득 고래잡이배 피쿼드 호의 선실 어둠 속에 웅크리고 있는 외발 선장의 모습을 떠올렸다. 그는 처음 볼 때부터 어쩐 일인지 음침하고 침울해서 한중수를 당황하게 했다. J

의 말을 듣고 한중수가 상상한 핍의 모습은 활달하고 자유롭고 유쾌한, 나이를 의식하지 못할 정도로 밝고 천진한 젊은 노인이었다. 그가 막연하게 그린 이미지는 세상을 호령하는 밝은 열정의 조르바였지 집착과 어두운 광기의 뱃사람 에이해브가 아니었다. 그것은 한중수의 책임도 아니고 한중수에게 그런 이미지를 갖게 한 J의 책임도 아니다. J가 그를 본 것은 20년도 더 전 일이었으니까. J가 본 핍은 20년 전의 핍이고 한중수가 본 핍은 그로부터 20년이 지난 핍이었다. 한중수는 J가 본 핍을 보지 못했고 J는 한중수가 본 핍을 보지 못했다. 시간은 조르바를 에이해브로 만들 수도 있고 에이해브를 조르바로 만들 수도 있다. 아니, 시간은 아무 일도 하지 않았는지 모른다. 20년 전의 핍과 20년 후의 핍 사이에 달라진 것이 전혀 없을지도 모른다. 어떤 이에게는 조르바로 인상 지어진 사람이 다른 이에게는 에이해브로 기억되지 말란 법이 없다. 핍은 한 사람이 아니다. 어떤 순간의 누군가의 핍이 있다. 어떤 순간의 횟수와 누군가의 숫자를 곱한 만큼 많은 여러 핍이 있다. 어쨌든 그가 만난 핍은 J가 말해준, J의 말에 의해 인상 지어진 핍이 아니었다. 20년의 세월을 감안한다고 해도 너무 늙었고 어두웠고 무뚝뚝했고 폐쇄적이었다. 활력도 젊음도 여유도 없었다. 숙박을 겸한 식당 일도 손을 놓은 지 제법 된 모양이었다. 남에게 밥을 해주기는커녕 자기 밥이나 제대로 챙겨 먹는지 의심스러울 지경이었다. 처음 만나 인사할 때, J를 언급하며 친구라고 하자 고개를 끄덕이긴 했지만 그렇게 반기는 표정은 아니었다. 적어도 그가 기대한 정도는 아니었다. J와 친척들의 안부를 묻는, 으레 할 것 같은 격식도 차리지 않았다. 무턱대고 찾아온 그가 무안할 정도였다. 한중수가 J로부터 숙박과 식당을 같이 한다는 말을 들었다고 하자 다른 사람에게 넘긴 지 꽤 되었다고 짧게 말했다. 볼 것도 없는 이런 데까지 뭐 하러 왔는지 모르겠네, 하고 나무라듯 말하면서도 원한다면 밥은 해줄 수 없어도 잠을 재워줄 수는 있다고 했다. "2층에 빈방이 몇 개 있어. 마음에 드는 방을 골라 들어가요. 오랫동안 치우지 않아서 아마 청소는 해야 할 거야." 그는 존댓말과 반말을 섞어 썼다. 의도적인 것은 아닌 것 같고 자기가 그런다는 것도 의식하지 못하는 것 같았다. 한중수는 J가 건네준 주소를 무슨 신탁이라도 되는 양 무조건 받아들고 비행기를 탄 자신을 후회했고 J를 원망했다. 그러나 곧 후회도 원망도 거둬들였는데, 그가 떠날 준비를 마치고 연락을 했을 때 J가 보내온 문자가 떠올랐기 때문이었다. "되도록 멀리. 그래야 있었던 곳을 제대로 볼 수 있으니까. 되도록 낯설게. 그래야 낯익은 것들의 굴레에서 자유로워질 수 있으니까. 되도록 깊이. 그래야 다른 나와 만날 수 있으니까." 한중수는 J가 누군가의 말을 인용해서 충고한 거라고 생각했지만, 평소의 말투를 감안하면 다른 누구의 말이 아니라 J 자신의 말일 수도 있다고, 어느 쪽이든 상관없다고 고쳐 생각했다. 인용이든 아니든 J가 한중수에게 요구한 것은 현실로부터 떠나라는 것이었다. 평생을 바쳐 만들어온, 튼튼하다고 믿어온 현실의 발판이 흔들릴 때 해야 하는 일이 현실의 발판을 이루고 있는 재료들의 상태가 어떤지 살펴보는 일이라는 걸 한중수는 J를 통해 깨달았다. J는 대체로 한중수를 설득하는 데 성공하는데, 그것은 한중수가 J에게서 자기 목소리를 듣기 때문이었다. 혹은 자기 목소리와 같은 목소리만을 듣기 때문이었다. 설득은 설득하는 사람의 권위보다 설득당하는 사람의 형편과 의지에 더 의존한다. 말하는 사람이 효과적인 말을 했기 때문이 아니라 듣는 사람이 효과적인 말로 듣기 때문에, 그 경우에만 설득이 일어난다. 심지어 스스로 결정한 것을 추인받거나 이미한 선택의 정당성을 확보하기 위해 외부의, 권위를 가진 목소리를 설득하는 자로 불러오기도 한다. 가령 스승의 어떤 교훈을 삶의 지표인 것처럼 언급하는 착실한 제자에게 이런 현상이 나타나는 것은 이상하지 않다. 스승의 수없이 많은, 더러는 충돌하는, 다른 맥락 때문에 불가피하게 충돌할 수밖에 없는 여러 가르침들 가운데 제자는 어떤 특정한 충고만을 스승으로부터 받은 중요한, 더러는 유일한 가르침으로 언급한다. 이때 제자는 스승의 수없이 많은, 아마도 똑같이 중요하거나 어쩌면 더 중요할 수도 있는 가르침들을, 한

가지만 남기고 모두 가치 없는 것으로 버려버리는 엄청난 과오를 범한다. 이 일은 제자의 의도와 상관없이 일어난다. 그가 그렇게 하는 것은 스승이 오직 그 한 가지 교훈만을 되풀이해서 강조했기 때문이 아니라 그 한 가지 교훈만이 자기의 결정이나 경향이나 업적이나 혹은 실수를 설득하거나 해명하는 데 유효하기 때문이다. 제자는 스승의 권위 있는 한 가르침이 자기를 설득한 것처럼 스승을 높이는 모양새를 하고 있지만, 실은 이미 했거나 하기로 마음먹은 자기 결정과 경향을 정당화하기 위해 스승(의 말)을 이용하고 있을 뿐이다. 스승은 많은 가르침을 하기 때문에, 그리고 그 많은 가르침 가운데는 불가피하게 충돌하는 것이 있기 마련이기 때문에, 또 불가피하게 기꺼운 것과 거리끼는 것이 섞여 있기 마련이기 때문에 제자는 자기에게 필요한 스승의 말을 취사선택해서 적절하고 효과적으로 이용할 수 있다. 스승은 그 말만 한 것이 아니지만 그 말을 하지 않은 것도 아니기 때문에 제자를 꾸짖을 수 없다. 적어도 왜 내가 언제 그런 말을 했느냐고 반문할 수는 없다. 스승은 그 말만 한 것이 아닐 뿐 아니라, 그 말을 특히 중요하게 한 것이 아닌 경우에도 어떤 영악한 제자로 인해 그 말만 했거나, 그 말을 특히 중요하게 한 것으로 알려질 수 있다. 누군가의 어떤 말에 설득당해 어떤 행동을 하거나 어떤 경향을 갖게 되는 것이 아니라 누군가의 어떤 말을 자신의 어떤 결정이나 경향을 설득시키는 도구로 이용하는 이런 습성은 아주 일반적이다. 당신이 누군가를 설득시키고 있(는 것으로 보인)다면 그것은 당신이 그 누군가의 결정이나 경향을 지원, 혹은 해명하는 데 유리한, 그럴듯한 어떤 말을 하기 때문이지 다른 것이 아니다. 당신이 많은 사람을 설득시키고 있(는 것으로 보인)다면 그것은 당신이 많은 사람의 결정이나 경향을 지원, 혹은 해명하는 데 유리한, 그럴듯한 어떤, 그러니까 매우 범속한 말을 하기 때문이지 다른 것이 아니다. 말을 통해 자기가 누군가에게 영향을 끼치고 있다는 생각은, 주로 직업적으로 말을 해야 하는 사람들이 흔히 빠지기 쉬운 착각이다. 이 착각은 자기에게 영향을 받은 것으로 간주

되는 이들에 의해 주어진다. 실은 영향을 끼치고 있는 것이 아니라 이용을 끼치고 있는 것뿐이다. 그러나 이 착각과 이용은 워낙 은밀하고 눈에 보이지 않게 이루어지기 때문에 서로 눈치채지 못한다. 착각하는 자는 착각인 줄 모르고 이용하는 자는 이용하는 줄 모른다. 서로는 서로의 무지를 필요로 한다. J의 많은 말들 가운데 어떤 말이 한중수에게 수용되었다. 한중수는 J의 많은 말들 가운데 어떤 말을 이용했다. 그러니까 한중수는 J를 원망할 수 없다. 후회할 수는 있어도 원망할 수는 없다. 그도 그럴 것이 그는 관광지를 찾아온 여행자가 아니었다. 관광이 목표라면 웬만한 지도에도 표시되어 있지 않은 이 작은 항구까지 오지 않았을 것이다. J의 외삼촌이 운영하는 숙소 겸 식당이 목표도 아니었다. 현실로부터 멀리, 현실이 간섭할 수 없는 낯선 곳으로 떠나는 것이 목표라면 목표였다. 굳이 말하자면 그것은 처방이었다. J의 외삼촌인 핍은, 그러니까 J가 손에 쥐여주고 그가 손에 쥔 아주 멀고 낯선 곳의 주소는 처방전이었던 셈이다. 일종의 명분, 내심을 숨긴 채 몸을 움직이게 하는 슬로건 같은 것이었다. J로부터 외삼촌인 핍에 대해 들었을 때 한중수는 그 슬로건을 따라 외치며 행진하기로 작정했다. 그 슬로건이 자기에게 아주 잘 어울린다는 걸 본능적으로 알아차렸다. 핍을 만나러 온 것이 아니었다. 그러니까 핍이 어떤 사람이든 그런 것은 문제 삼을 일이 아니었다. 그러므로 그는 후회도 하지 않기로 했다.

8

있던 곳을 떠나 다른 곳으로 가는 사람의 마음
속 목소리는 '숨고 싶다'이다. 이 목소리는 밖으
로 표출되지 않고 안에 숨는다. 있던 곳으로부터
없던 곳으로 떠나가는 자기를 보이지 않게 숨기
는 효과적인 방법이다. 자기 몸에 무엇을 뒤집어
쓰거나 변장을 하거나 골방 속에 들어가 움직이
지 않음으로써 사람들의 시선으로부터 자기를 차
단하는 대신 전혀 다른 풍경 속으로 들어가 낯선
풍경의 일부가 됨으로써 사람들의 시선을 떨어낸
다. 차단은 차단막이 제거되는 순간 노출되지 않
을 수 없으므로 임시적이고 불완전하지만 떨어

내는 것은 떨어내진 것이 다시 붙을 수 없으므로 항구적이고 완전하다. 모르는 곳으로 떠나는 사람은 익숙한 장소와 사람과 기억과 조건과 상황들, 즉 자기를 이루고 조건 지우고 규정하던 것들을 자기로부터 밀어냄으로써, 떨어냄으로써 숨는다. 다시스로 가는 배를 탄 요나에 대해 말하면서 성경은 그가 "여호와의 낯을 피하여"라고 고발한다. 요나는 숨기 위해 다시스로 떠난다. 다시스는 그의 진정한 목적지가 아니다. 그에게는 목적지가 없다. 그는 그곳으로 가기 위해서가 아니라 여호와의 낯을 피하기 위해, 즉 숨기 위해 그곳으로 간다. 그러니까 꼭 다시스여야 하는 것도 아니다. 다시스가 선택된 것은 그곳이 더 멀고, 더 낯설고, 더 깊기 때문이다. 바다만큼 멀고 낯설고 깊은 곳을 요나는 알지 못한다. 그래서 그는 배를 타고 바다로 간다. 그는 배에 오르자마자 곧장 배 밑창 가장 깊은 곳에 내려가 눕는다. 그는 나무판 하나를 사이에 두고 바다에 닿아 있다. 그는 바닷속에 숨어 있다. 자기를 숨기려는 욕구는 자기를 드러내려는 욕구에 비해 덜 보편적이고 덜 어엿하고 어딘지 반사회적인 것으로 인식되어 거의 장려되지 않는다. 그래서 자기를 숨기려는 이 욕구는 숨겨진다. 숨고 싶어 하는 사람은 무엇을 숨기려고 하는 것이 아니라 무엇들로부터 숨으려고 할 뿐이다. 그에게 숨길 무엇이 있다면 자기 자신이다. 자기를 숨기는 것이 숨는 것이다. 그러니까 숨으려고 하는 자기조차 숨긴다. 그런데 숨고 싶어 하는 사람은 무엇으로부터 숨고 싶어 하는 것일까? 떠나는 사람은 무엇으로부터 숨기 위해, 무엇으로부터 자기를 숨기기 위해 떠나는 것일까? 요나는 여호와의 낯으로부터 숨으려고 했다. 신의 명령과 부여된 임무로부터 자기를 숨기려고 했다. 떠나는 사람은 두려움이거나 부끄러움이거나 외로움이거나 적개심이거나 죄의식이거나 다른 무엇이거나 숨고 싶게 만드는 것이 있어서 떠난다. 내세우는 구실은 가지각색이다. 두려움이나 부끄러움이나 외로움이나 적개심이나 죄의식을 직접 거명하는 경우는 매우 이례적이다. 대개는 다른 이름이 차용된다. 차용된 이름이 본래 이름보다 더 그럴듯하지 않은 경우는 거의 없다. 가령 핍은 『모비 딕』을 차용했다, 라고 나는 생각한다. J가 그에 대해 말할 때 나는 그것을 바로 알아들었다. 나에게는 그런 것을 알아들을 귀가 있다. 나도 그런 사람과 동류이기 때문이다. 물론 『모비 딕』이 무엇의 대용으로 불려 나왔는지까지는 추측하지 못했다. 고래는 너무 커서 비현실적이다. 요나가 그런 것처럼 숨고 싶다는 그의 욕망이 그만큼 크다는 정도는 유추할 수 있었다. 어떤 사람은 당분간 숨고 어떤 사람은 오래 숨는다. 당분간 숨는 것으로 충분한 경우가 있고 오래 숨지 않으면 안 되는 경우가 있다. 영원히 숨어야 하는 경우도 있다. 숨(고 싶어 하)는 사람은 무엇으로부터 숨(고 싶어 하)는가. 떠나(고 싶어 하)는 사람은 무엇으로부터 떠나(고 싶어 하)는가. 그가 떠나는 '있던 곳'은 어디인가. 두려움이거나 부끄러움이거나 외로움이거나 적개심이거나 죄의식의 나무가 자라고 있는 그곳은 어디인가. 그 모든 것을 키우는 단 한 곳, 나는 그곳을 알고 있다. 과거이다. 가깝거나 먼 과거, 두껍거나 얇은 과거, 치명적이거나 그렇지 않은 과거.

9

핍은 하루에 한 번 외출한다. 외출할 때를 제외하고는 잡다한 물건들이 아무 데나 놓여 어지럽고 두꺼운 커튼으로 하루 종일 창문을 가려 빛이 한 방울도 들어오지 않는 어두컴컴한 방에서 지낸다. 좁다고 할 수 없는 정원은 관리가 되어 있지 않아 풀이 무성하고 오랫동안 치우지 않아 지저분하다. 한중수는 주인이 부탁하지 않았지만 낙엽을 긁어 한데 모으고 풀을 깎고 비질을 했다. 주인은 그러거나 말거나 좀처럼 문을 열지 않았다. 그는 은둔자와 같았다. 한 번 그곳에 들어갔다 나온 한중수에게 그가 은둔해 있는 1층은 휜 고래에 미친 선장 에이해브가 틀어박혀 지낸 선실처럼 음침하고 불길해서 다시 들어가고 싶은 마음이 생기지 않는 곳이었다. 그가 전등 스위치를 올렸을 때 불 꺼, 하고 소리치며 낡고 지저분한 소파에서 부스스 몸을 일으키던 노인의 괴팍한 인상이 워낙 강해서 한중수는 하루에 한 번 외출하는 평범하고 모범적인 그의 일상을 제대로 평가하지 못했다. 오히려 그 평범한 규칙성을 그의 괴팍함을 입증하는 다른 사례로 삼으려는 마음까지 생겨났다. 한중수가 핍의 외출에 일정한 규칙이 있다는 사실을 발견한 것은 그 집에 들어와 살기 시작한 지 3주쯤 지난 후였다. 한중수는 걷는 것 말고 캉탕에 다른 할 일을 가져오지 않았으므로 시간이 많을 것 같지만, 걷는 데 시간을 많이 할애해야 했으므로 생각만큼 많지는 않았다. 걸을 시간은 많았지만 다른 일을 할 시간은 많지 않았다. 캉탕은 작은 항구도시였지만, 바다가 꼬불꼬불한 해안선을 통해 도시를 거의 수중에 넣고 있었기 때문에 어디를 가나 바다가 보였고, 마음만 먹으면 얼마든지 파도 소리를 들으며 걸을 수 있었다. 그는 조금씩 시간과 거리를 늘려가며 자주 걸었다. 그에게 목표가 있다면 피곤할 때까지, 머릿속에 들어 있는 먼지들이 씻겨 나갈 때까지 걷는 것이었다. 머릿속에 가득 들어차 있는 먼지들에 대해 주로 J와 이야기를 나눴다. J는 머릿속의 먼지를 몰아내는 방법으로 걷기를 추천하며 니체와 루소를 주로 언급했다. 가끔 랭보도 언급했다. 그들은 걷는 사람들이었다. 안에 헝클어진 채 쌓여 있는 생각들은 밖으로 몰아내지 않으면 사라지지 않는다. 헝클어진 채 쌓여 있는 생각들을 몰아내기 위해 필요한 것은 더 많은 생각들이 아니다. 더 많이 두 다리를 움직이는 것이다. 한중수는 그 추천을 받아들였다. 그 추천을 받아들임으로써 그는 그의 머릿속에 가득 들어찬 생각들이 먼지라는 사실을 받아들였다. 염분이 많이 섞인 캉탕의 축축한 바닷바람을 맞으며 그는 걷고 또 걸었다. 다리가 팍팍하고 머릿속의 먼지들이 씻겨 나갈 때까지 걷느라고 분주했으므로 핍이 제 입으로 하루에 한 번 외출한다는 사실을 공개하지 않았다면 그 규칙성을 이해하지도 못했을 것이다. 거기다가 그는 타인에 대해 호기심이 많은 사람도 아니었다. 타인에 대한 호기심은 호사스러운 것이라고 그는 생각했다. 그는 호사가가 될 만한 형편인 적이 없었다. 그에게 필요한 것은 타인에 대한 호기심이 아니라 타인의 호기심에 대한 적절한 대응이었다. 그것을 잘하기 위한 순발력이었다. 필요하지 않은 일은 할 수 없었다. 핍의 예상치 못한 비사교적 면모는 한중수를 당황하게 했지만, 그러나 사교적 기교를 연출해야 하는 의무를 면제해주었기 때문에 고마운 면이 있었다. J가 소개할 때 받은 인상대로 핍이 그에게 호기심을 보이고 궁금해하고 친근하게 접근했다면, 당황하지는 않았겠지만 아마 힘들었을 것이다. 그도 호기심을 보이지 않았다. 그도 일부러 찾아가거나 궁금해하거나 말을 붙이거나 하지 않았다. 그랬으므로 오전에 나가 바닷바람을 맞으며 걷다가 들어온 시간이 우연히 핍이 외출하는 시간과 맞아떨어져서 집 앞에서 마주치지 않았다면, 마주친 그에게 인사 삼아 어디 가는 길이냐고 묻지 않았다면 핍의 규칙적인 외출에 대해 몰랐을 것이다. 그러나 그 시간에 집 앞에서 마주친 이상 인사를 하지 않고 지나칠 수는 없는 일이었다. 평소의 핍이라면 인사를 받지 않거나 받는 둥 마는 둥 하는 것이 자연스러울 텐데 그날은 인사 삼아 던진 말에 불과한 한중수의 질문에 의외로 친절하게 답을 해왔다. "병원에 가는 길이야. 캉탕병원. 천천히 걸으면 30분, 빨리 걸으면 20분 걸려." 기대하지 않았지만 자기가 던진 질문에 대답을 한 사람에게 아무 반응도 보이지 않을 수는 없는 일이어서 한중수는 산책길에 그 병원을 본 것 같다고, 바다가 내려다보이는 언덕 위에 부대 막사처럼 옆으로 길게 이어 붙인 3층 높이의 건물이 아니냐고 물었다. 핍은 고개를 끄덕이며, 병실에서 내다보면 바다가 보이지, 창문에 반사된 햇살에 눈이 부셔서 커튼을 치고 있어야 하지, 하고 말했다. 한중수는 어디가 불편하냐고 물었다. 핍은 고개를 저었다. "나야, 나야가 아파. 아주 많이 아파. 몸을 못 움직여. 말도 못해. 옷도 못 갈아입어. 병원에 누워서 지낸 지 한참 됐어. 간호해줘야 해. 돌봐주는 사람이 있지만 나야는 내가 해주는 걸 좋아해. 그래서 병원에 가는 거야. 매일 나야를 보러 병원에 가는 거야." 아, 나야. 한중수는 의외의 깨달음이라도 얻은 것처럼 고개를 과장되게 끄덕였다. 큰 집에 노인 혼자 사는 것이 이상하긴 했었다. 들은 바에 의하면 그를 바다에서 내리게 한 여자가 있었다. 캉탕에 정박한 것이 그녀 때문이었다. 그런데 한중수가 왔을 때 핍은 혼자 살고 있었다. 한 치 앞을 모르는 것이 인생이고 일어날 수 없는 일이 없는 것이 인생이지만, 어쩐지 두 사람이 헤어졌을 것 같지는 않았다. 헤어졌다면 그가 여태 이곳에 머물고 있을 리 없었다. 그러나 한중수로서는 그 부인의 안부가 궁금해 못 견딜 지경은 아니었고, 또 한집에 산다고는 해도 대화를 나눌 기회가 거의 없는 터에 일부러 물어볼 수도 없는 일이었다. 갑자기 전해 들은 그 소식은 한중수를 당황하게 했다. 어떤 위로의 말을 건네야 할지 몰라 고개만 끄덕이다가 불쑥 병문안을 가겠다고 말했다. 평소와는 달리 말끔하게 차려입은 노인이 고개를 절레절레 저었다. "그럴 필요 없어. 사람을 못 알아봐. 나는 책을 읽어주러 가는 거야. 내가 책 읽어주는 걸 나야가 좋아하거든. 나야는 옛날이야기를 좋아해. 옛날에 살았던 사람들, 동물들, 영웅들, 신들. 세이렌 이야기를 여러 번 읽어달라고 했지. 나야가 세이렌처럼 노래를 잘하거든. 나는 나야를 세이렌이라고 불렀지. 나는 그녀의 노래 듣는 걸 좋아해. 아프기 전에는 매일 밤 잠들기 전에 노래를 불러주었지. 나를 위해서 말이야. 나는 매일 밤 그녀가 노래를 불러줘야 잠들 수 있었어. 지금은 내가 책을 읽어줘. 나는 노래를 못 부르니까 책을 읽어줘. 내가 책을 읽어주면 스르르 잠이 들어. 그녀가 노래를 불러줄 때 내가 그랬듯이. 전에 그녀가 내가 잠들 때까지 노래를 불렀듯이 이제 나는 그녀가 잠들 때까지 책을 읽어." 노인은 배운 지 얼마 되지 않은 외국어를 하듯 한국말을 부자연스럽게 발음했고, 의미를 분산시키지 않으려는 듯 짧은 문장을 구사했다. 한중수는 아마도 수십 년 동안 쓰지 않아 화석처럼 굳은 노인의 모국어를 외국어처럼 들었다. 그만큼 어색했고, 무엇 때문인지 거북했고, 그 거북함이 말의 내용 때문이 아니라 그에게 익숙한 언어가 어색하게 발음되기 때문이라는 사실을 인정하기가 어려웠고, 그래서 그런지 노인이 하는 말은 그의 마음속에 그 말의 실제 무게대로 담기지 않았다. 부인의 침대 곁에 앉아 책을 읽는 핍의 모습도 잘 상상되지 않았다. 캉탕에는 병원이 세 개밖에 없어, 나야가 입원해 있는 병원이 제일 크고 좋아, 라고 말하면서 노인은 천진하게 웃었다. 한중수가 그래요? 하고 별 뜻 없이 추임새를 넣었는데, 그의 말을 의심하는 것으로 들렸는지 노인은 정말이라니까, 병원비도 얼마나 비싼데, 하고 필요 이상의 반응을 보여 한중수를 당황하게 했다. 한중수는 아, 네, 그렇지요, 하고 대답할 수밖에 없었고, 그러고 나자 정말로 이어갈 말을 찾기가 어려웠다. 그래서 한중수는 뻘쭘하게 서 있기만 했다. 병원에 간다는 노인이 자기와 대화를 이어가며 시간을 버리고 있는 사실을 이해하긴 어려웠지만 어쩌면 노인이 모처럼 자기와 이야기를 하며 오후 시간을 보내고 싶어 했을지 모른다는 생각이 노인과 헤어진 다음에야 들었다. 수십 년 동안 돌보지 않았음에도 불구하고, 비록 그대로는 아닐지라도, 여전히 남아 있는 모국어를 이용해서 자기를 표현해보고 싶다는 욕망은 무엇일까. 그런 생각 끝에 한중수는 노인의 사양에도 불구하고 병원에 동행했어야 한다고 후회했지만, 새삼스럽게 친근한 표시를 하는 게 내키지 않아서 터덜터덜 걸어가는 그의 뒷모습을 그냥 바라보기만 했다. 방에 들어가 커피를 마시기 위해 물을 끓이는데 문득 낯설게만 들렸던 노인의 한국어가 다시 떠올랐다. 그리고 미미하게 가슴속의 가느다란 줄을 건드리던 거북한 감정도 살아났다. 캉탕은 익숙한 언어로부터 자기를 숨기기 위해 핍이 택한 장소가 아니었을까. 그 질문은 곧바로 그 자신을 겨냥하고 날아왔다. 핍이 자기를 마뜩잖아 한 것이 전혀 이상하지 않다는 생각이 떠오르자 가슴이 서늘해졌다. 그는 물을 끓게 놔두고 메모장을 펼쳐 무언가를 썼다.

10

낯선 언어 속으로 들어가는 것, 그것은 자기를
객체로, 남으로, 낯선 이로 만드는 것과 같다. 그
것은 있던, 익숙한 세계로부터 자기를 숨기는 행
위이기만 한 것이 아니다. 그것은 자기 자신으로
부터 자기를 숨기는 행위이기도 하다. 세계는 그
를 알아보지 못할 뿐 아니라 그 자신도 그를 알아
보지 못한다. 완벽한 숨음이다. 익숙한 언어는 와
글거리는 숲과 같다. 와글거리는 숲은 사방이 눈
인 파놉티콘과 같다. 와글거리는 사방의 눈을 피
해 낯선 언어 속으로 들어간 사람은 모국어를 잊
음으로써 과거를 잊는다, 잊기를 강요당한다, 잊

기를 강요당하기를 선택한다. 친숙한 모국어가 없는 곳에서 낯선 언어로 발언하는 사람은 다만 현재를, 현재만을 산다. 낯선 것은 언제나 현재다. 순간으로서의 현재다. 낯선 것만이 순간으로서의 현재다. 낯익어지는 순간 과거가 된다. 낯익은 모든 것은 과거에 속한다. 과거를 없애는 방법은 낯익은 언어가 없는 곳으로 숨는 것이다. 사용되지 않는 모국어는 현재에 대해 아무 발언도 하지 못하는 잊힌 과거를 상징한다.

11

한중수는 바다에서 내린 스물다섯 살의 핍이
처음 들어갔다는 선술집을 찾아볼 마음을 먹었
다. 언제까지인지 모르지만 그 집의 주인인 나야
의 어머니로부터 물려받아 핍 부부가 함께 운영
했다는 곳. 그가 직접 요리한 생선조림과 보쌈을
메뉴에 올려 사람들의 호응을 이끌었다는 곳. 그
곳은 이제 그가 아닌 다른 사람이 운영하고 있다
고 했다. 항구 부근의 번화하다고 할 수 없는 거
리에는 식당과 술집과 호텔이 몰려 있었다. 그러
나 한중수는 그 집을 쉽게 찾아냈다. 돛대를 연상
시키는 키 큰 목제 조형물이 문 앞에 장승처럼 솟

아 있고 들어가는 입구는 두꺼운 나무 문이 막고 있어서 실내가 보이지 않았다. 그가 찾는 곳이 그 집이라는 확신의 근거는 간판이었다. '피쿼드'라는 간판을 보자마자 한중수의 입가에 미소가 번졌다. 모비 딕을 잡으러 가는 고래잡이배의 이름이 피쿼드였다. J는 자세히 말하지 않았지만 세이렌의 노랫소리에 홀린 젊은 고래잡이 청년 핍이 바다에서 내리기만 한 것이 아니었다고 한중수는 생각했다. 피쿼드호에서 내린 고래잡이 청년은 다른 피쿼드호로 갈아탄 것이라는 상상은 잠깐 동안 그를 유쾌하게 했다. 전해오는 이야기에 의하면 세이렌에 홀려 바다로 뛰어내린 부테스를 구해준 것은 아프로디테였다. 세이렌은 유혹하고 아프로디테는 구했다. 그러나 핍에게는 유혹자와 구원자가 동일했다. 나야는 노래를 불러 바다의 그를 육지에 빠뜨리고 육지에 빠진 그를 건져 피쿼드호에 태웠다. 캉탕의 나야는 세이렌으로 유혹하고 피쿼드로 구원했다. 그래서 그는 신화 속의 양봉업자와는 달리 파멸하지 않고 살 수 있었다. 이런 상상이 한중수의 머릿속에서 피어났다.

물론 피쿼드라는 상호만으로 그 집을 그 집이라고 단정하는 것은 무리다. 그러나 피쿼드의 주방을 지키고 있던 호리호리한 체격의 중년 남자는 한중수의 상상이 틀리지 않았다는 사실을 확인해주었다. 그 집은 바다를 떠돌던 스물다섯 살의 핍을 정박시킨 항구가 맞았다. 그렇지만 그 집 이름이 처음부터 피쿼드였던 것은 아니었다. 캉탕에서만 40년을 살았다는, 그 호리호리한 체격의 주인 남자는 자기가 어렸을 때는 아예 간판이 없었다고 기억했다. 사람들은 그냥 '숑부'라고 불렀는데, 숑부는 캉탕지역의 방언으로, 밥과 술을 팔고 허름하지만 나그네들을 위해 잠자리도 제공하는 업소를 가리킨다고 했다. 간판이 필요하지 않은 것은 그런 집이 거기 말고는 없었기 때문이다. 간판이란 이름과 같은데, 구별할 필요가 없을 때는 굳이 이름을 짓지 않기 때문이다. 주인 남자의 회고에 의하면, 피쿼드라는 이름의 간판이 생긴 것은 나야의 어머니가 뒤로 물러나고 핍이 운영을 맡으면서였다. 핍은 버려진 배의 갑판에서 뜯어낸 나무판에 페인트로 피쿼드라고 써서 문 앞에

달았다. 그때는 구별할 필요가 있어서 이름을 붙인 거냐고 한중수는 물었다. 주인은 고개를 갸우뚱했다. 확실하지는 않지만 그런 것 같지 않다고 했다. 지금 항구 주변에 있는 술집과 카페와 호텔들은 대부분 20년 전쯤에 생겼는데, 근처에 수산물 가공 공장이 들어서면서 외지인들의 왕래가 비교적 잦아졌기 때문이라고 했다. 핍은 간판에 적힌 이름의 뜻을 묻는 손님들에게 피쿼드에 대해 설명하는 걸 좋아했다고 한다. 처음에 그는 띄엄띄엄 이야기했고, 손님들은 그의 말을 잘 알아듣지 못했으나, 빠르게 그 나라 언어를 익힌 그가 몇 번이고 같은 이야기를 되풀이했기 때문에 머지않아 제대로 알아듣게 되었다고 한다. 그 나라 말을 하는 데에 어느 정도 자신이 생긴 다음부터는 모비 딕이라는 흰 고래를 향한 복수심에 불타는 미친 선장 에이해브만이 아니라 그 고래잡이배에 타고 있는 선원들 이름을 일일이 언급하며 이야기를 들려주기도 했다. 그 배에 타고 있는 선원들의 사연을 얼마나 많이 알고 있는지가 곧 그 집을 얼마나 자주 드나드는지를 판단하는 시금석이 될 정도였다고 했다. 심지어 어떤 사람들은 그가 해주는 이야기를 들으려고 그 집에 가기도 했는데, 피쿼드의 지금 주인이 그런 사람 가운데 한 명이었다. 그는 식인종 부족 출신의 이상한 우상 숭배자인 작살잡이 퀴퀘그의 이름을 기억하고 있었다. 일등항해사 스타벅의 명언이라며 "고래를 두려워하지 않는 자는 내 보트에 절대로 태우지 않겠다"는 대사를, 마치 연극배우가 발성하는 것 같은 톤으로 직접 외우기도 했다. 핍이 그렇게 실감 나게 연기를 했다는 것이었다. "거의 매일 저녁마다 짧은 연극 한 편이 이곳에서 공연되고 있었다고 생각하면 틀리지 않아요. 여기가 무대였어요." 주인은 주방과 테이블 사이의 빈 공간을 가리켰다. 지금의 핍을 생각하면 영 어울리지 않지만 애초에 J로부터 전해 받은 인상을 대입하면 그럴듯했다. 한중수는 생에 대한 의욕으로 충만하던 시절의, 밝고 유쾌하고 활기찬 핍이 매일 주인공을 바꿔가며 무대에 올렸을 피쿼드호의 선원들을 떠올려보았다. 아마도 피쿼드호의 어떤 선원에 대해 이야기하는 중간에 자기가 고래잡이

배를 타며 겪은 일을 슬쩍 끼워 넣기도 했을 것이다. 그것이 떠나온 바다에 대한 그리움과 죄책감을 달래는 방법이었을 것이다. 그러니까 그 집의 상호가 피쿼드가 된 건 필연적이었다. 핍은 다른 고래잡이 선원들과 함께 여전히 피쿼드호에 타고 있었던 것이다. "그런 사람이었는데, 부인이 그렇게 되고 나서 사람이 완전히 달라졌어요. 인생이 어찌나 허망한지 모르겠어요." 피쿼드의 주인은 감상적으로 되는 것이 싫은지 어색하게 씩 웃어 보이고는, 같은 집에 살고 있다니까 물어보겠다며, 집에서는 어떤지, 괜찮은지 물었다. 한중수는 무엇이 괜찮은지를 묻는지 모르겠으나 좀 침울해 보이고 집에 있을 때 실내를 어둡게 해놓고 지내는 것 말고는 특별한 점이 없어 보인다고 대답했다. 주인 남자는 고개를 끄덕이기만 했다. 문득 생각나서 한중수는 생선조림이나 보쌈을 먹을 수 있느냐고 물었다. 주인은 웃으면서, 그건 핍의 메뉴예요, 나는 하면 안 돼요, 그가 돌아오면 하게 해야죠, 그런데 돌아올 수 있을지 모르겠어요, 하고 한숨을 쉬었다. "가끔 오나요?" 한중수의 질문에 주인은 고개를 저었다. "요즘은 통 오지를 않네요. 주방에서 요리하는 걸 좋아해서·한때는 자주 왔는데." 한중수는 말린 정어리를 안주 삼아 맥주를 마셨다. 술병들이 가지런히 정리되어 있는 진열장에 두꺼운 책이 꽂혀 있는 것을 본 한중수는 주인에게 그 책에 대해 물었다. 핍이 보던 책이라며 꺼내주었는데, 한국어로 된 『모비 딕』이었다. 표지 안쪽에 J의 서명이 있었다. 대학 졸업 무렵 이곳을 찾아온 J가 가져다준 모양이었다. 얼마나 여러 번 읽었는지 종이가 너덜너덜했다. 표지는 낡고 꾸깃꾸깃하고 손때가 묻어 더러웠다. 떨어져 나간 페이지를 테이프로 붙여둔 곳도 여러 군데였다. 그 책이 핍의 인생인 것만 같았다. 그것은 철저한 것도 같고 처절한 것도 같았다. 한중수는 알 수 없는 감동이 밀려오는 것을 느꼈다. 한중수는 충동적으로 자기가 그 책을 가져도 되겠느냐고 물었다. 무엇 때문인지 자기에게 그럴 자격이 있는 것만 같았다. 주인은, 자기는 한국어를 모르고, 이 소설을 자기 나라 말로도 읽지 않았지만, 이 책을 손에 들고 페이지를 넘기다 보면 자기가 사연을 꿰고 있는 피쿼드호의 선원들 얼굴이 하나하나 떠오르는 것 같다고, 그 선원들 가운데는 핍도 있다고, 그런 책을 다른 사람에게 줄 수는 없다고, 이 책이 있을 곳은 피쿼드라고, 이곳이 이 책 한 권을 위한 도서관이라고 말했다. 한중수는 그 사람의 말이 설득력이 있다고 생각했으므로 주저하지 않고 책을 돌려주었다. 한중수는 이상하게 기분이 착잡했고 우울해졌고, 그래서 맥주를 여러 잔 마셨고 취했다.

12

고래잡이배를 타기 전에 핍은 남의집살이를 하며 살았다. J가 들려준 바에 의하면 그렇다. 그의 집은 가난했고 아버지가 병들어 눕자 학교에 다닐 수 없었다. 그는 열다섯 살에 마을에서 가장 잘사는 집의 머슴으로 들어갔다. 마을의 논과 밭 가운데 절반 이상이 그 집 소유였고 저인망 어선을 세 척이나 보유하고 있었다. 핍은 차가운 겨울 바닷바람을 맞으며 양식장에서 김을 채취하거나 고기잡이배를 타고 나가 한 달이나 두 달씩 바다 위에 떠 있곤 했다. 오징어, 병어, 갈치를 주로 잡았다. 바다에 나가지 않을 때는 농사를 지었다. 바다에서나 땅에서나 그는 시간 날 때마다 책을 읽었다. 아무 책이나 읽었다. 그에게 삶의 의욕을 키워준 것은 책 읽기가 유일했다. 책은 그에게 여러 세상을 보여주었고 다른 세상을 꿈꾸게 했다. 열아홉 살이 되었을 때 아버지가 돌아가셨다. 아버지의 장례를 치른 후 그는 기다렸다는 듯 고향 마을을 떠났다. 그가 읽은 책들이 그를 머슴살이 현실에서 달아나게 했다. 그때 다섯 살 위의 누나, 즉 J의 어머니는 생긴 지 얼마 안 된 큰 도시의 공단에서 일하고 있었다. 그는 누나를 찾아가 고래잡이배를 탈 거라고 말했다. 그날도 아마 『모비 딕』을 옆에 끼고 있었을 거라고 J는 나에게 말했다. 그러고는 연락이 끊어졌다. 다시 연락이 온 것은 거의 20년이 지난 후였다. 이름도 낯선 외국의 바닷가에서 잘 살고 있다고 했다. 그로부터 8년쯤 지나 대학교를 갓 졸업한 J는 캉탕에서 생을 즐기고 있는 외삼촌을 만났다. J는 그때 새로 번역되어 나온 『모비 딕』을 사 가지고 갔는데, 외삼촌이 부탁을 했는지 자기가 선물로 사 가지고 간 것인지는 기억이 선명하지 않다고 했다.

고향을 떠난 열아홉 살 이후 핍이 어떻게 살았는
지 아는 사람은 핍 말고는 없다. 그의 내면에 대
해 아는 사람은 더욱 없다. 내가 부인인 나야의
병시중을 들고 있는 핍의 근황을 전하자 J는 열
아홉 살 이후의 외삼촌에 대해 자기도 아는 바가
없다고 답해왔다. 열아홉 살 이후 그의 삶에 대해
아는 사람이 없다는 말을 통해 그는, 내가 유난스
레 예민한 건지 모르겠으나, 핍에게 다른 사람이
알면 안 되는 비밀이라도 있는 것 같은 어감을 풍
겼다. 나는 이 노인이 궁금하고, 그것은 바람직하
지 않다. 타인에게 관심이 생기는 것은 의도하지
않은 흐름이다. 나는 세상으로부터 나를 지키기
위해 다른 풍경 속으로 들어옴으로써 나를 붙들
고 있는 사람들과 조건들을 떨어내려고 한다. 마
음의 거죽에 붙은 찌꺼기들은 여간해서는 잘 떨
어지지 않는다. 나는 걷는다. 나는 걷기만 할 것이
이다. 걷는 것은 내 발을 붙잡는 땅을, 시간을, 나
에게 달라붙은 모든 조건들을 뒤로 밀어내는 것
이다. 털어내는 것이다. 나는 걷고 보기만 할 것
이다. 마음에 담지 않을 것이다. 오늘은 오전에

두 시간 삼십 분, 오후에 세 시간을 걸었다. 그러나 나는 내 머릿속을 통제할 수 없다. 보는 것은 담기려 한다. 얼마나 걸어야 보기만 하고, 보기만 할 뿐, 보는 것을 마음에 담지 않을 수 있을지 모르겠다. 산책을 하다 보면 해안가에 우두커니 앉아 있는 핍을 보게 된다. 그는 상념에 젖어 있는 것 같기도 하고 바다와 싸우고 있는 것 같기도 하다. 멀리까지 갔다가 돌아오면서도 그 모습 그대로 앉아 있는 그를 본다. 나는 가끔 그의 옆에 앉아 대화를 해볼 생각으로 다가갔다가 그 완고한 뒷모습에 밀려 돌아선다. 그의 뒷모습은 비밀들이 뭉쳐 만들어진 커다란 덩어리 같다. 평범한 사람의 숨겨진 굴곡에 대해, 조용한 사람의 내면에 흐르는 격류에 대해 생각한다. 굴곡과 격류를 얼굴에 드러내지 않고 사는 사람의 찌그러진 내면에 대해.

13

한중수는 피쿼드의 단골손님이 되었다. 해안을 따라 걷거나, 걷다가 모래밭에 주저앉아 제 몸을 둥글게 말아 끊임없이 뭍을 향해 굴러오는, 그렇지만 바다가 멀리서 보이지 않는 끈으로 끌어당기는 바람에 제자리걸음을 할 뿐 가까이 다가오지는 못하는 파도의 안타까운 몸짓을 망연히 바라보거나, 그러다가 모래알에 반사된 햇빛에 눈이 부셔 눈을 감고 있다가 나른한 잠의 골목 속으로 빠져들거나, 그러다가 시간의 심해에서부터 파도를 타고 올라오는 것만 같은 흐릿하고 몽환적인 어떤 소리에 문득 깨어 일어나 다시 걷거나 하다가 결국에 이르게 되는 곳이 피쿼드였다. 식사 시간을 포함해서 언제든 손님이 많지 않아서 그는 거의 항상 원하는 자리에 앉을 수 있었다. 한중수가 좋아하는 자리는 주방과 홀의 경계를 이루는 바의 끝자리로, 십자형의 투박한 나무틀 창문을 통해 하늘과 맞닿은 바다를 내다볼 수 있는 곳이었다. 그는 그곳에서 커피를 마시거나 밥을 먹거나 맥주를 마셨다. 바쁘지 않을 때는 주인이 앞에 와서 말을 걸었는데, 바쁠 때가 거의 없었기 때문에 그는 거의 항상 한중수 앞에 앉았다. 한중수가 원한 것은 아니었다. 그렇지만 특별히 싫어할 일도 아니어서 내버려두었다. 주인은 자기를 피쿼드의 일등항해사라고 불러달라고 말했다. 한중수가 왜 선장이 아니냐고 묻자 알지 않느냐는 듯 진열장에 비스듬히 세워진 두꺼운 책을 가리켰다. 한중수는 그때부터 그를 일등항해사라고 불렀다. 그는 주로 날씨나 그날의 특별 메뉴에 대해 이야기했다. 가령 그날 그물에 걸려 들어온 대왕문어찜 같은 특별 메뉴는 꽤 흥미로운 화젯거리였다. 한중수는 거무죽죽한 색깔의 가느다란

다리를 보고 낙지라고 확신했지만 주인은 대왕문어라고 했고, 한중수가 말하는 낙지에 대해서는 알지 못했다. 한중수가 낙지와 주꾸미와 오징어와 문어의 차이를 설명했지만, 피쿼드의 일등항해사는 오징어와 문어 말고는 두족류에 대해 아는 바가 없는 것 같았다. 한중수도 그 나라 말로 주꾸미와 낙지를 설명할 자신이 없었기 때문에 대화는 더 진행되지 않았다. 공통의 화젯거리가 드물다 보니 침묵하는 시간이 많았다. 그러다가 드문드문 핍에 대해 이야기하거나 핍으로부터 들은 피쿼드호의 선원들에 대해 이야기했다. 핍이 건강이 좋지 않은 부인의 팔을 붙잡고 산책하는 모습을 보곤 했다며 일등항해사는 한중수가 앉아 있는 쪽 창문을 가리켰다. 매일은 아니지만 가끔 자기 집에 들러 따뜻한 차를 마시고 가곤 했다는 말도 했다. 그가 피쿼드호에서 일어난 에피소드들을 연극조로 늘어놓는 것을 듣다 보면, 관객에게 이 정도로 영향을 미친 핍이 대단한건지, 관객 중의 한 명에 불과했을 텐데 이 정도로 영향을 받은 주인 남자가 대단한건지 분간이 되지 않았다.

그러고 보면 그가 이 집을 인수한 것을 우연이라고 할 수는 없을 것 같았다. 그곳을 무슨 일이 있어 잠시 정박해 있는, 일을 마치면 곧 바다 위를 떠다니게 될 고래잡이배로 여기고 있는 것이 아닌지 의심이 들었다. 어느 날 문득 그가 이 집의 문을 걸어 잠그고 진짜 피쿼드호를 타러 홀연히 떠난다고 해도 놀라지 않을 것 같았다. 한중수는 가끔 수첩을 꺼내 무엇인가를, 예를 들면 어느 날 문득 진짜 피쿼드호를 타러 홀연히 떠나는 피쿼드의 일등항해사에 대한 상상 같은 것을 글로 썼다. 물론 그 메모들은 J에게 보내졌다. J는 보고를 재촉하지 않았지만 한중수는 매일 자기가 쓴 글을 보냈다. J는 그의 글에 특별한 코멘트를 하지 않았다. 그러나 J가 자기 글을 읽고 있다는 사실을 한중수는 의심하지 않았다. 처음에는 과제처럼 시작했지만, 어느 순간부터는 그런 의식 없이 쓰게 되었다. 보내려고 억지로 쓰지 않고 쓴 글을 자연스럽게 보내게 되었다. J는 그의 말을 들어주는 다른 영역의 인격으로 존재했다. 그의 글은 일기와도 같고 기도와도 같았다. 자발성과 자구적 성격에 있어 일기와 기도는 같다. 일기는 자기를 향해 쓴 기도이고, 기도는 신을 향해 쓴 일기이다. 한중수 말고도 그 공간에는 무엇인가를 쓰는 사람이 한 명 더 있었다. 그 사람은 한중수가 그 집을 드나들기 전부터 그곳을 드나드는 사람이었다. 한중수는 확실히 기억하지 못하지만, 그가 처음 그 집에 왔을 때도 그 사람은 귀퉁이 자리를 지키고 있었다. 단골인 한중수가 좋아하는 자리가 있듯이 그 사람이 좋아하는 자리도 있었다. 맨 안쪽 귀퉁이, 화장실로 가기 위해 반드시 지나야 하는 좁은 복도 앞의 아주 작은 2인용 테이블이 그 사람의 자리였다. 그곳은 좁고 침침하고 냄새 나고 바다가 보이는 창문도 없었다. 단골인 그가 그런 곳을 선호하는 것이 의아스럽긴 하지만 수상하다고 할 일은 아니었다. 한중수와 마찬가지로, 식사 시간을 제외하면 손님들이 그렇게 많지 않기 때문에 그 사람이 자기가 좋아하는 자리를 차지하지 못할 가능성은 거의 없었다. 비록 손님이 많은 시간이라고 해도, 그가 좋아하는 자리는 대부분의 손님들이 선호하지 않는 화장실 입구여서 어떤 경우라도 그가 자기 자리를 확보하지 못할 리는 없었다. 아무리 배가 고파도 그 자리에 앉아 밥을 먹지는 않겠다고 하는 사람이 있을지는 몰라도 그 자리가 아니면 밥을 먹지 않겠다고 하는 사람은 없을 테니까. 그 사람은 항상 혼자였는데, 그것은 한중수도 마찬가지였지만, 한중수가 가끔 주인과 대화를 주고받는 것과는 달리 그는 아무와도 말을 주고받지 않았다. 적어도 한중수는 그가 누구와 대화를 나누는 모습을 본 적이 없었다. 어떨 때는 그 공간에 한중수와 그 사람과 주인만 있는 경우도 있었다. 세 사람이 일정한 거리를 두고 따로 떨어져 있는 모습은, 마치 망을 보는 보초들이 각자의 생각에 빠져 자기 자리를 묵묵히 지키고 있는 것 같았다. 그럴 때는 실내가 어찌나 조용한지 무의식중에 누군가의 입에서 튀어나온 짧은 한숨이나 커피 잔이 접시에 닿을 때 나는 딸그락 소리가 휘몰아치는 세찬 바람이나 출항을 알리는 뱃고동 소리처럼 크게 들렸다. 배속으로 들어간 음식이 소화되고 있다는 표시와도 같은 꼬르륵 소리가 자기 귀에 천둥처럼 들려서,

소리와 함께 그 소리를 뱉어낸 위장 속 그림이 눈앞에 적나라하게 펼쳐지는 것 같아서, 그처럼 모든 것이 투명해지는 것 같아서 한중수는 가끔 자신의 소화기관보다 더 안쪽 깊은 곳에 있는 마음의 신음 소리가 혹시 밖으로 새어 나오지 않을까 걱정을 했다. 그렇지만 걱정할 필요는 없었다. 세 사람은 서로 간섭하지 않기로 신사협정이라도 맺은 것처럼 완고하게 자기 영역을 지켰다. 날씨가 화창한 어느 휴일 오후에 아주 예외적으로 피쿼드가 만선을 이룬 적이 있었다. 한중수가 문을 열고 들어갔을 때 빈자리가 보이지 않았다. 단골손님에 대한 배려를 한다고 그랬겠지만, 주인은 원한다면 합석할 자리를 알아봐주겠노라고 그에게 말했다. 한중수는 그렇게까지 할 필요는 없다고 사양하며 문을 나서려다가 실내의 왁자지껄한 소음과 분주한 움직임 한가운데 있으면서도 그 왁자지껄과 분주함의 간섭으로부터 온전히 자유로운 한 공간이 눈앞에 도드라져 보였기 때문에 멈칫했다. 피쿼드의 주인 남자가 일등항해사답게 그의 시선을 의식하고 눈짓으로 합석하겠는지 물었다. 잠시 망설이던 한중수는 고개를 끄덕였다. 일등항해사는 화장실 입구에 있는 안쪽 귀퉁이의 2인용 테이블로 가서 무슨 말인가를 하고 손짓으로 한중수를 불렀다. 그렇게 해서 비로소 그 어색한 신사협정이 깨졌다. 한중수는 꾸벅 인사하고 그 남자의 맞은편에 앉았고, 그 자리의 주인은 테이블 위의 찻주전자와 잔을 한쪽으로 밀어놓고 그 옆에 펼쳐져 있던 노트를 챙겼다. 한중수는 방해하지 않을 테니 신경 쓰지 말고 하던 일을 계속하라고 말했다. 상대방은 우물쭈물 무슨 말인지 알아듣기 힘든 말을 하며 자리에서 일어날 것처럼 몸을 한번 들썩이더니 노트를 다시 내려놓았다. 한중수는 비로소 그 독특한 성향의 남자를 가까이에서 살펴볼 수 있게 되었는데, 그렇다고 노골적으로 관찰할 수는 없어서 표시 나지 않게 곁눈으로만 훑어보았다. 쉰 살은 넘어 보이는 순박한 인상의, 그러나 외모를 꾸미는 데는 관심이 없어 보이는 후줄근한 차림새의 남자였다. 다듬지 않은 수염과 길게 자란 머리카락이 회사원이 아니라고 말하고 있었다. 하기야 그것은 무시로 피쿼드에 나와 앉아 있는 사실로도 이미 확인된 내용이었다. 한중수가 시킨 커피가 나오자 노트와 찻주전자와 찻잔이 놓여 있던 테이블이 꽉 찼다. 상대는 노트를 무릎 위에 올려놓고 커피가 놓일 자리를 만들었다. 한중수는 커피 잔을 손바닥에 받쳐 들며 자기도 얼마 전부터 이 집 단골이라고 밝혔다. 이 집에서 당신을 자주 보았다는 한중수의 말뜻을 상대는 바로 알아들었다. "나는 아주 오래전부터 이 집에 머물고 있습니다." 한중수가 무슨 뜻인지 몰라 눈을 치뜨고 바라보자 남자는 손가락으로 천장을 가리켰다. "3층이오. 3층에 묵고 있습니다." 한중수는, 그러니까 여기가 집이로군요, 그래서 그렇군요, 하며 여러 차례 고개를 끄덕였다. 그리고 두 사람은 잠시 입을 다물고 가만히 있었다. 어색한 침묵 후에 한중수가 왁자지껄한 소음과 분주한 움직임들 너머로 창가 쪽 자리를 가리키며, 내 자리는 저깁니다, 하고 말했다. 남자는 알고 있다는 듯 희미하게 웃어 보이고는, 그 자리는 너무 밝지 않나요? 하고 물었다. 한중수는, 이곳은 너무 어둡지 않나요? 하고 묻고 싶은 걸 참았다. 그리고 곧 참기를 잘했다고 생각했다. 그가 갑자기 정색을 하고 다음과 같이 말했기 때문이다. "나는 밝은 게 무섭습니다. 밝은 것은 모든 걸 까발립니다. 산 위에 있는 동네는 숨길 수 없습니다. 바닷물에 반사되어 퍼지는 햇살을 보면 눈이 멀 것 같습니다. 나는 그것이 무섭습니다." 한중수는 남자의 반응이 의외였지만 크게 놀라지는 않았다. 그 남자라면 예상치 못한 어떤 반응도 예상할 수 있을 것 같았기 때문이다. 그에게서 풍겨 나오는, 통속적으로 말해 예술가적이라고 할 수 있는 어떤 분위기 때문이었는데, 그런 분위기를 풍기는 사람은 어떤 말이든 할 수 있고 어떤 행동이든 할 수 있다는 것이 한중수가 가지고 있는 선입견이었다. 한중수는 볼 때마다 무언가를 쓰고 있는 그가 혹시 작가가 아닐까 막연히 생각했었다. 달리 할 말도 없었기 때문에 한중수는 작가냐고 물었다. 남자는 손을 다소 세차게 저은 다음 왜 그런 질문을 하느냐고 물었다. "무언가 쓰고 계시는 모습을 여러 번 봐서요." 한중수는 자기 말의 평범함에 부끄러움을 느꼈다. "무언가 쓰긴 하지요. 하지만 내가 쓰는 게 뭐……." 이 어지는 남자의 말은 알아듣기가 어려웠다. 주변 이 소란스러워서이기도 했지만 그가 속에서 우물 거리는 것처럼 말하기 때문이기도 했다. 갑자기 자신이 없어졌는지, 아니면 일부러 알아듣지 못 하게 하려고 그랬는지 모르지만 그 부분에서 목 소리를 더 낮춘 것 같기도 했다. 한중수는 잘 듣 지 못했는데, 실례가 되지 않는다면 다시 말해줄 수 없냐고 요청했다. 남자는 여전히 우물거리는 것 같은 목소리로, 쓴다는 게 들춰내는 건데, 저 기 저 오래된 나무 탁자에 그려진 그림이나 여기 이 찻주전자의 색을 들춰내는 거는, 쉽지는 않아 도 불가능하지는 않은데, 자기를 들춰내는 것은, 그러니까 자기 껍데기를 까뒤집고 안에 있는 것 을 낱낱이 꺼내놓는 것은 쉽지 않을 뿐 아니라 가 능하지가 않아요, 그러니까 저 오래된 나무 탁자 에 그려진 그림이나 여기 이 찻주전자의 색에 대 해서 불필요하게 공들여 쓰게 되는데, 그게 왜 불 필요하게 공들인 거냐면 자기가 쓴 게 자기 껍데 기 속에 들어 있는 게 아니라는 걸 알고 곧 도로 지워버려야 하니까, 하고 투덜거리듯 말했다. 이번에도 주변이 소란하고 목소리가 크지 않아 전부 알아듣지는 못했지만 대강 그런 뜻인 것 같았다. 아까 한 말과 같은 말을 한 것인지, 아니면 아까 한 말을 부연한 것인지, 그것도 아니면 아까와 전혀 다른 말을 한 것인지 파악하기 어려웠지만 한중수는 동의한다는 뜻으로 고개를 끄덕였다. 어쩐지 자기 입에서 나온 말처럼 친근해서였다. 그래서 그렇다면 쓰지 않으면 되지 않느냐고 말했는데, 그 말은 꼭 자기에게 하는 말 같았다. 남자가 굳게 입을 다물고 한참 동안 탁자를 쏘아보았다. "그런 방법이 있군요. 그런 방법을 쓸 수 있을까요?" 얼마 후 남자는 그렇게 중얼거렸는데 전혀 놀리는 것처럼 들리지 않은 것이 이상했다. 이윽고 남자는 노트를 챙겨 들고 자리에서 일어나버렸다. 한중수는 좀 당황스러웠지만 아무리 생각해봐도 자기가 반성할 만한 일을 한 것 같지는 않았으므로, 그리고 그 사람이 무슨 말을 하거나 무슨 행동을 하든 놀랄 필요가 없는 분위기를 가진 사람이었으므로 괘념치 않기로 했다. 남

자가 나가고 얼마 있지 않아 한중수도 그 집을 나
왔다. 화창한 휴일 오후, 거리는 오가는 사람들로
모처럼 분주했다. 전통 어부 복장을 한 사람들이
그물과 작살 같은 어구를 들고 항구를 향해 행진
하는 모습이 보였다. 여자들이 길쭉한 북을 치며
뒤를 따랐다. 한중수는 그들을 따라 걸었다. 날씨
가 더웠다. 피에로 복장을 한 사람이 풍선을 팔
았다. 얼음 넣은 음료수와 아이스크림 가게 앞에
는 사람들이 줄을 서 있었다. 파도가 철썩거리는
방파제 끝에 돛대 모양의 나무 조형물을 세우는
사람들이 보였다. 건장한 남자들이 달라붙어 방
파제의 돌 틈에 고정하고 사방에서 버팀목을 만
들어 움직이지 못하게 묶고 있었다. 한중수는 생
선을 튀겨 파는 상인에게 돛대처럼 생긴 그 나
무 조형물에 대해 물었다. "축제 준비를 하는 거
예요. 3일 후부터 축제잖아요. 축제 마지막 날, 그
러니까 일요일에 저기서 사람들이 뛰어내릴 거예
요." 생선튀김을 종이에 싸서 건네며 상인이 말했
다. 누가요? 하고 묻는 한중수의 질문에 누구든지
요, 하는 대답이 돌아왔다. "어디서 왔기에 그걸

몰라요? 궁금하면 구경 오세요. 내키면 한번 뛰어 내리든가요." 한중수는 하늘을 향해 곧추서기 위해 뒤뚱거리는 돛대 모양의 커다란 나무를 고개가 아플 때까지 한참 동안 올려다보았다.

14

캉탕의 어부들은 일주일 동안 축제를 연다. 축
제의 절정은 돛대를 상징하는 높은 나무 위에서
물속으로 뛰어내리는 것이다. 이 행사는 축제의
마지막 날 열린다. 전에는 제비뽑기를 해서 뽑힌
사람만 바다로 뛰어내리는 역할을 할 수 있었다.
오래전의 의식, 바다의 신을 달래기 위해 뱃사람
들이 행한 인신 공양의 흔적이다. 제비 뽑힌 사람
은 죄인이고, 죄인이지만 바다에 빠짐으로써 이
배, 즉 공동체를 구하기 때문에 영웅이다. 죄인만
이 구원자가 된다. 신의 낯을 피해 배의 밑창, 가
장 깊은 곳에 누워 잠자고 있던 요나는 제비뽑기

를 통해 바다에 던져질 자로 정해진다. 그들의 제비뽑기는 바다에 던져질 자를 정하는 것이 아니라 누가 죄인인지를 알아내기 위한 것이었다. 제비뽑기로 뽑힌 요나는 스스로 자기가 죄인임을 밝힌다. 제비가 그를 죄인이라고 가리키고 있으므로 그의 고백은 부차적이다. 그의 고백과 상관없이 그는 죄인이다. 그러나 그의 고백은 구원자가 되기 위해 필요하다. 그는 자기를 바다에 던지라고 요구한다. 이 죄인은 바다에 던져짐으로써 배와 배에 타고 있는 사람들을 구한다. 배를 위험에 빠뜨린 자만이 배를 구할 수 있다는 역설. 죄인은 죄인일 뿐 영웅이 아니다. 제비 뽑힌 죄인만이 영웅이 될 수 있다. 제비뽑기는 죄인이 누구인지를 드러내고 그 사람의 죄가 무엇인지를 밝히는 유서 깊은 장치이다. 모든 죄가 드러나는 것이 아니고 모든 죄인이 영웅이 되는 것이 아니다. 모든 죄와 죄인이 아니라 밝혀진 죄와 드러난 죄인만이 구원한다. 피쿼드의 구석 자리에서 무언가를 쓰는 남자, 산 위에 있는 동네는 숨길 수 없다고 예수를 흉내 내어 말한 남자는 자기를 들춰내는 글쓰기의 어려움에 대해서도 말했다. 그것은 왜 어려운가. 그것이 곧 제비뽑기이기 때문이 아닌가. 밝히고 드러내는 일이기 때문이 아닌가. 그러면 그는, 그렇게 어려운데도, 불가능할 정도로 어려운데도 왜 그 일에 매달리는가. 왜 쓰지 않으면 안 되는가. 뽑히지 않으면 안 되기 때문이 아닌가. 제비를 뽑아 들춰내지 않으면 구할 수 없기 때문이 아닌가. 구하는 자가 되기 위해서는 먼저 제비에 뽑힌 자, 죄인임이 드러나지 않으면 안 되기 때문이 아닌가. 자기를 구하려면 자기를 들춰내야 하기 때문이 아닌가. 등불을 켜서 됫박 아래나 침대 밑에 두는 사람이 어디 있는가. "등불은 등경 위에 둔다."

15

피쿼드의 일등항해사는 그 사람이 선교사였으
며 아마도 회고록을 쓰고 있는 것 같다고 말했다.
피쿼드의 주인 남자가 근거 없이 그렇게 말한 것
이 아니었다. 그 사람이 캉탕에 온 것은 2년 전이
었고, 그러니까 캉탕이 마지막 선교지가 되는 셈
이고, 그가 전파하는 믿음이 이곳 사람들의 정서
와 맞지 않은 요소가 많아서 그런지 가시적인 성
과를 거둔 것 같지는 않다고 했다. 여기저기 자주
돌아다니는 사람이라 자주 집을 비웠지만, 캉탕
에 머무는 동안은 항상 자기 집 3층 끝방에 짐을
풀고 지냈다고 했다. 이곳을 떠나기까지 남은 시

간이 한 달이 채 되지 않는다는 말도 했다. 한중수는 그 사람이 선교사라는 사실을 믿을 수 없었고, 선교사의 임무를 마쳤다는 말도, 선교사의 임무를 마쳤기 때문에 회고록을 쓴다는 말도 이해할 수 없었다. 선교사는 어떠어떠해야 한다는 무슨 규정이 있는 것은 아니지만 적어도 자기가 가진 믿음을 남에게 설득해야 하는 사람은 훨씬 개방적이고 친밀하고 사교적이어야 할 것 같았다. 한중수가 보기에 그 사람은 자기가 가지고 있는 소중한 것을 나눠주러 다니는 사람이라기보다 자기가 가지고 있는 무거운 것에 눌려 있는 사람처럼 보였다. 사람들이 많은 곳에 나가 어울리는 걸 좋아하는 것이 아니라 사람들을 피해 골방에 틀어박혀 있기를 더 좋아하는 사람처럼 보였다. 예술가라면 모를까 선교사처럼 보이지는 않았다. 선교사의 임무를 마쳤다는 말도 납득이 되지 않았다. 나이가 들어서 은퇴하게 되었다는 뜻으로 한 말이라면, 그 말을 자연스럽게 받아들이기에는 너무 젊었다. 아무리 많이 봐도 쉰 중반 이상은 안 되어 보였다. 피쿼드의 주인이 그 사람에 대해 잘못 알고 있는 게 아닐까 의심이 들 정도였다. 한중수가 믿을 수 없다는 듯 고개를 갸우뚱하자 그도 동의한다는 듯 어깨를 으쓱해 보였다. "언젠가 무얼 쓰는지 궁금해서 물었거든요. 회고록 비슷한 거라고 하더라고요. 이제는 선교사가 아니라고 하면서요. 모르지요. 그것이 선교사의 마지막 임무인지. 아, 마침 저기 오네요. 직접 물어보시지요." 피쿼드의 일등항해사가 문을 열고 들어오는 남자를 가리켰다. 한중수는 손을 들어 인사했다. 남자도 어색하게 손을 들어 보였다. 항해사는 주방으로 들어가 음식을 만들었다. 그가 올리브유에 볶은 당근과 가지와 토마토, 그리고 곡물이 섞인 길쭉한 빵을 쟁반에 받쳐 들고 나오자 한중수가 손을 내밀었다. 일등항해사는 그에게 쟁반을 넘겼다. 한중수는 자기가 마시던 커피 잔을 쟁반 위에 올리고 그 사람에게 다가갔다. "앉아도 될까요?" 남자가 눈을 치켜뜨고 한중수를 쳐다보았다. 당신이 왜? 하는 눈빛이었다. 한중수는 자기가 지나친 관심을 보이고 있다는 사실을 알고 있었고, 자기의 지나친 관심이 그 사람을 불편하게 하리라는 것도 짐작하고 있었다. 그 관심은 그 사람만이 아니라 그 자신도 불편하게 했다. 그러나 자기가 왜 그 사람과 자기를 불편하게 할 관심을 보이고 있는지는 분명하게 파악하지 못했다. 그의 의중을 헤아리기라도 했는지, 나에 대해 무얼 알고 싶은가요? 하고 남자가 물었다. 경계심이 느껴지는 질문이었다. 한중수는 당신이 알려주는 것 말고 알고 싶어 하는 것은 없다고 대답했다. 남자는 의중을 헤아리기 어려운 눈빛으로 그를 쳐다보더니, 나에 대해 무얼 알고 있나요? 하고 물었다. 한중수는 선교사라는 것 말고 아는 것이 없다고 대답했다. 말이 끝나기 무섭게 고개를 저으며, 이제는 선교사가 아닙니다, 하고 그가 말했다. 한중수는, 그것도 알고 있습니다, 하고 말하려다가 어쩐지 결례가 될 것 같아서 가만히 있었다. 남자는 포크로 볶은 야채를 찍어 먹었고 한중수는 커피를 마셨다. 길지 않은 식사 시간이 아주 길게 느껴졌다. 식사를 마친 남자는 손수 쟁반을 반납하고 돌아와서 노트를 펼쳤다. 노트에는 한중수가 읽기 힘든 글자들이 씌어 있었다. 글자는 작았고, 줄을 그어 지운 자국이 많았다. 한중수는 그가 무슨 말인가를 해주기를 끈질기게 기다렸지만 없는 사람 취급하는 것 같아 그만 일어났다. 그러자 그 사람이 입을 열어 한중수의 발을 붙잡았다. "나는 여기서 2년 동안 선교사로 살았습니다. 그렇지만 한 명의 개종자도 만들지 못했습니다." 한중수는 자리에 도로 앉았다. 남자가 일어나려는 그를 주저앉힌다고 생각했기 때문이다. "하지만 그 때문에 돌아가는 것은 아닙니다." 한중수는 어렵게 입을 연 남자의 입이 다시 닫히기를 원치 않았기 때문에, 선교사들도 임기라는 게 있는 거지요? 하고 아는 체를 했다. 남자는 고개를 끄덕이고 나서, 하지만 자신의 귀국과 임기와는 상관이 없다고 덧붙였다. 그럼? 한중수는 대답을 듣고 싶어 한다는 뜻이 전달되기를 바라며 그의 눈을 빤히 쳐다보았다. "한 달 전부터 나는 선교사가 아닙니다. 나를 파송한 단체에서 해임했기 때문입니다. 단체가 나를 해임한 것은 내가 선교사로서의 자격이 없기 때문입니다. 나는 자격이 없는 것이 맞습니다." 한중수는 개종자를 만들지 못한 것이 해임 사유가 되느냐고 물었다. 물론 선교사 자격이 없다는 말을 그런 뜻으로 했을 것 같지는 않았다. 개종자를 만드는 것이 선교사에게 부여된 고유한 임무인지에 대한 의문은 접어두고라도, 개종자의 숫자로 선교사의 능력을 평가할 수 있는지, 개종자의 숫자를 통계화하는 것이 가능한지 회의적이었다. 물건의 이동은 집계와 통계가 가능하지만 믿음의 이동을 집계하고 통계 내는 것이 가능할까. 물건은 제 스스로 움직일 수 없고 그 이동은 사람이나 조직이나 돈의 작용을 통해 이루어지기 때문에 그 현상을 포착하는 것은 어렵지 않다. 그러나 믿음이 자리하고 있는 인간의 마음은 스스로 움직이며 그 움직임에 어떤 규칙이 작용하는 것도 아닐뿐더러 그 움직임이 눈에 드러나지 않거나 분명하게 드러나지 않기 때문에, 혹은 왜곡해서 드러낼 수 있기 때문에 집계 및 통계가 어렵거나 불가능하다. 인구가 1천만 명인 나라의 통계상 종교 인구가 1천 500만 명이 되는 경우가 그런 예이다. 그런 점에서 보더라도 개종은 선교사(사람)에게 부여된 역할이라고 할 수 없다. 뿌리는 자는 사람이지만 거두(게 하)는 이는 사람이 아니라는 말은 인간의 능력을 비하하거나 인간의 책임을 축소하기 위해서만 쓸 수 있는 말이 아니다. 앞 문장에 의지해 말하자면, 선교사는 뿌리는 자일 텐데 뿌리는 자는 거두는 자가 아니므로 개종은 그의 영역이 될 수 없다. 따라서 개종자의 숫자로 선교사의 능력 유무를 판단하는 것은 이치에 맞지 않다. 개종자는 숫자로 표기될 수 없을 뿐 아니라, 설령 숫자로 표기되는 경우에도 그 숫자가 그의 능력, 혹은 무능력을 나타내는 것은 아니다. 거두(게 하)는 자는 따로 있다. 한중수가 머릿속에서 그런 생각을 저작하고 있는데 캉탕에서의 2년 동안 한 사람의 개종자도 만들지 못했다고 고백한 그 선교사가 말을 이었다. "물론 내 해임 사유는 그게 아닙니다. 내 해임 통지서는 멀리에서 왔습니다. 아주 먼 과거로부터 날아왔습니다. 너무 멀어서 외계와도 같이 느껴지는 시간으로부터. 이 통지는 나와 나의 삶에 대해 아주 많은 생각을 하게 합니다. 나는 어디부터 나인지 모르겠습니다. 어디까지 나인지 모르겠습니다. 그래서 글을 씁니다." 한중수는 외계와도 같이 먼 과거로부터 해임 통지서가 날아왔다는 그의 말에 대한 설명이 이어지기를 기대했다. 그러나 그 사람은 자기를 해임하는 통지서가 아주 멀리서 왔다는 말만 반복했다. 한중수는 당신의 과거가 당신의 신분을 유지하는 데 문제가 되었다는 뜻이냐고 묻지 않을 수 없었다. 남자는 멍한 눈으로 한중수를 쳐다보았는데, 그는 그 눈빛을 동의한다는 뜻으로 읽었다. "과거는 어딘가에 웅크리고 있다가 갑자기 튀어나와 현재를 물어뜯는 맹수와 같습니다. 이 맹수는 어디에 웅크리고 있는 겁니까? 나를 해치는 이 맹수는 나입니까, 아닙니까? 내가 모르는 이 맹수는 어떻게 내 안에 있었습니까? 자고 있는 이 맹수는 누가 끌어낸 것입니까? 이 맹수가 내 과거라면 이 맹수를 끌어낼 권리가 나 아닌 누구에게 있을 수 있습니까? 이 맹수가 내 과거라면 나를 물어뜯는 것이 합당합니까? 내 과거는 나의 일부입니까, 아닙니까? 내가 나를 해칠 수 있습니까? 어디부터 나입니까? 어디까지 나입니까? 나는 모르겠습니다. 나는 의문 덩어립니다. 그래서 글을 쓰는데, 그래서 글을 쓰지 못합니다." 그 순간 한중수는 오랜만에 자기 머릿속 한복판에서 울리는 경고음을 들었다. 머릿속 정중앙에서 시작되어 머리 전체로, 마치 땅속 깊은 곳에서 발생한 지진파가 지표면까지 확장되어 나가는 것처럼, 퍼지면서 점차 커지는 사이렌 소리 같은 것이었다. 그에게 아주 익숙한 소리였다. 그 맹렬한 소리는 세상의 모든 소리들을 집어삼켜서 그 소리 말고는 아무 소리도 듣지 못하게 했다. 소리는 진동을 동반해서 머리를 흔들었다. 한중수는 그 소리가 들리면 피했다. 피하지 않을 도리가 없었다. 사람들과 같이 있을 때는 사람들을 피하고 일을 하고 있을 때는 일을 피했다. 그러니까 이번에도 피해야 했다. 그러나 한중수는 버텨보기로 했다. 눈을 부릅뜨고 정면을 응시했다. 선교사에서 해임되었다고 주장하던 남자가 그의 눈앞에서 계속해서 무슨 말인가를 했다. 그러나 그의 머릿속에서 시작된 날카로운 소리가 외부의 소리를 듣지 못하게 했다. 사람의 입 모양을 읽을 능력을 습득하지 못한 한중수는 그 사람이 하는 말을 하나도 알아듣지 못했다. 그의 머릿속 지진은 한참 동안 지속되었다. 강도가 그렇게 세지 않은 것은 다행이었다. 최근 들어 횟수도 줄어들었고 강도도 약해졌다. 그러나 세상이 온통 사이렌 소리로 가득 차고 다른 소리는 완전히 사라져버린 이상하게 시끄러운 침묵 현상이 완화된 것은 아니었다. 앞에 앉은 사람은 무슨 말인가를 하는 것이 분명한데, 한중수는 사이렌 소리만 들었다. 한중수는 귀머거리였다. 세상은 절벽이었다.

16

진원이 외부에 있는 소음은 귀를 막거나 자리를 옮기는 방식으로 피할 수 있다. 소리의 크기와 상황의 조건에 따라 다소 성가실 수는 있어도 전혀 불가능한 것은 아니다. 성능이 좋은 귀마개를 착용하거나 소리가 나는 곳으로부터 더 멀리, 더 조용한 곳으로 이동하는 방법이 있다. 오디세우스는 선원들의 귀를 밀랍으로 막아 세이렌의 노래를 듣지 못하게 했다. 선원들은 빠르게 노를 저어 세이렌의 노랫소리가 들리지 않는 곳으로 이동해서 배의 난파를 막았다. 어떤 치명적인 외부의 소리도 피할 수 있는 방법이 있다. 그런 점에서 절대적이지 않다. 그러나 진원을 내부에 가지고 있는 소음은 귀를 막거나 자리를 옮기는 방법으로 피할 수 없다. 더 성능 좋은 귀마개나 더 멀고 조용한 곳으로의 이동은 해결책이 되지 않는다. 밀랍도 노를 젓는 선원들의 단단한 근육도 방법이 아니다. 그 소음이 귀를 통해 안으로 들어오는 것이 아니기 때문이고, 특정 지점에서 생겨나는 것도 아니기 때문이다. 그러면 그밖에 다른 방법이 있는가? 진원이 내부에 있는 소음은 그 말고는 누구도 들을 수 없다. 그러니까 그 소음은 다른 사람에게는 실재하지 않는, 없는 소음이다. 없는 채로 그러나 버젓이 있다. 진원이 내부에 있다는 것 역시 이 소음의 비실재를 증명한다. 인간의 내부는 외부와는 달리 어디라고 특정할 수 없다. 가시적이지 않을 뿐 아니라 특정 공간을 점유하지도 않는다. 가령 마음, 감정, 생각, 기억, 의식, 영혼 같은 단어들로 흔히 대치되곤 하는 인간의 내부는 어디에 있다고 말할 수가 없다. 없다고 말할 수 없지만 어디에 있다고도 말할 수 없다. 없다는 것을 부정할 수 없지만 어디에도 없는 것이 내부이다. 어디가 없는, 어디를 점유하지 않는 것이 내부이다. 어디에도 없는 채로 있는 것, 그것이 내부의 존재 방식이다. 그러니까 내부가 진원지인 소음을 듣는 것은 어디에도 없는, 어디에도 없는 채로 버젓이 있는 소리를 듣는 것이다. 청각기관인 귀가 이 소리를 듣지 못하는 것은 당연하다. 귀는 실재하는 소리를 실제로 듣는 기관이기 때문이다. 그러면 듣는 기관인 귀가 듣지 못하는 이 소리를 듣는 것은 어떤 기관인가. 없는 소리를 어떻게 듣는가. 그 소리를 듣는 기관이 따로 있다고 할 수 있는가. 내가 말할 때 내 귀는 입을 통해 발성된 말을 듣는다. 그러나 내가 말하지 않을 때, 말하지 않았는데도 듣는, 들리는 말이 있다. 내부, 어디라고 말할 수 없는, 어디가 없는 데서 나오는 말이다. 말이 될 수 없거나 말의 형태를 갖출 수 없는 말들. 말이 되어 나타날 수 없어서 말이 되지 않는 말들. 그것들을 듣는 것은 특정한 기관이 아니다. 그것들은 소리로 나타나지 않지만, 그러니까 귀로는 들을 수 없지만, 들린다, 듣는다. 어떤 경우에는 훨씬 크게 들린다, 듣는다.

그 소리가 부르짖음일 때, 신음일 때, 울음일 때 못 들을 영혼은 없다. 듣지 않으려 달아날 수 없다. 영혼은 더 큰 귀를 가지고 있다.

17

한중수는 캉탕병원 침대에서 깨어났다. 그의
침대 앞에 앉은 남자는 피쿼드의 단골, 이른바 해
임된 선교사였다. 대화를 나누던 중 갑자기 탁자
에 머리를 짓찧으며 몹시 고통스러워하는 바람
에 깜짝 놀라 피쿼드의 주인과 함께 병원으로 데
리고 왔노라고 그가 설명했다. 한중수의 팔에는
링거 바늘이 꽂혀 있었다. 식염수라고 했다. "일
시적 쇼크일 거라고, 식염수를 처방한 겁니다, 여
기 병원의 젊은 의사가." 한중수는 머릿속의 사이
렌 소리를 참으며 버틴 것까지는 기억나는데 그
이후는 기억나지 않았고, 그것은 놀랄 일이 아니

었다. 몸을 일으키는 그를 걱정스러운 표정으로 바라보며 남자가 괜찮은지 물었다. 그는 제법 보호자처럼 보였다. 두통도 사이렌 소리도 사라지고 없었다. 탁자에 머리를 짓찧어댔을 자신의 모습을 떠올리자 민망해서 한중수는 보호자를 자처하고 있는 사람을 똑바로 보지 못했다. 어느 시점에서 의식을 잃었는지 잘 생각나지 않았다. 머릿속 정중앙에서 시작된 지진은 진앙에 이를 때까지 소리와 진동이 점점 커지고, 그러다가 강력해진 그 소리와 진동은 한순간에 그의 의식을 무너뜨린다. 그러지 않으면 죽을 것이다, 아마도. 이것은 J의 판단이다. 죽지 않으려고 의식이 쓰러지는 쪽을 스스로 택하는 걸 거라고 그는 말했다. 한중수는 그 의견에 동의하지 않을 수 없다. 그것은 그의 생존 본능이 시키는 일이다. 그는 자신의 생존 본능이 남다르다는 것을 알고 있다. 성장하면서 생존에 대한 욕구가 퇴화하는 대신 더 강화되고 기술적으로 연마된다는 것은 슬픈 일이다. 이 본능은 육체와 감정과 지성의 세포가 늘어나고 커지면서, 그러니까 시간과 함께 퇴화하는 것이 자연스럽고 바람직하기 때문이다. 그럴 수 없는 조건에 있다는 것, 자연스럽고 바람직한 퇴화의 과정을 거부할 수밖에 없는 상황 속에서 오직 살아남기 위한 열망만으로 먹고, 자고, 만나고, 부딪치고 살아야 한다는 것은 비참한 일이 아닐 수 없다. 왜냐하면 이런 삶은 실은 싸움에 다름 아니기 때문이다. 사는 것이 곧 싸움이기 때문이다. 그의 머릿속 사이렌 소리는 싸움터를 떠나지 않고 지나치게 오랫동안 싸움만 해온 사람에게 나타나는 일종의 이상 징후라고 할 수 있다. 그런데도 그는 그것을 인정하지 않으려 했다. 생존을 삶이라고 할 수 없다. 그러나 생존하지 않으면 삶도 없다. 생존에 급급한 사람의 대처 방법은 생존을 위협할 거라고 간주되는 징후에 대한 무시와 회피이다. 그는 그렇게 했다. 그럴 수 없는 상황이 생길 때까지 그렇게 했다. 그는 항상 전쟁 중이었고, 피곤과 스트레스는 전쟁 중인 병사가 호소할 장애가 아니었다. 그러다가 그런 일이 생겼다. 320명의 대기업 계열사 직원들을 상대로 하던 강의를 중단해야 하는 일이. 사이렌 소리가 어찌나 맹렬하던지 도리가 없었다. 그의 머릿속 한복판에서 발원한 사이렌 소리는 주변 소음을 삼키고 강연자인 그의 목소리를 삼켰다. 그는 언제나처럼 그 소리에 지지 않으려고 눈을 부릅뜨고 정면을 노려보았다. 사이렌에 맞서려고 점점 커진 그의 목소리는 사람들을 당황하게 했고, 그가 할 말들을 흩뜨려놓았다. 마치 바람에 날아간 원고가 엉망으로 뒤섞이는 것과 같은 현상이 일어났다. 그는 자기가 이미 한 말을 정확하게 인식하지 못했으므로 자기가 할 말을 찾아내지 못했다. 마침내 커질 대로 커진 그 소리와 진동은 그의 머리를 터뜨리려고 했다. 그는 필사적으로 버티려고 했지만, 마침내 머리통을 부둥켜안고 고꾸라졌다. 강연이 중단되었다. 그 일은 꽤 심각했다. 그때 이후 그는 사람들 앞에 나가 강의하는 것을 꺼리게 되었는데, 그의 명성이 대중 강연을 통해 얻어진 것이라고 할 수는 없어도 여러 분야의 인문학 지식을 바탕으로 쉽고 재미있게 풀어내는 그의 말솜씨가 컨설팅 분야에서의 그의 입지를 꽤 튼튼하게 해준 것은 사실이므로 가시적으로든 아니든, 당장이든 아니든 타격이 될 게 분명했다. 처음에는 그렇게 심각하지 않았다. 그래서 머릿속의 사이렌 소리를, 피곤하거나 스트레스를 받아서 그런다고, 누구에게나 스트레스는 있다고 가볍게 생각했다. 피곤하거나 스트레스를 받으면 어떤 사람은 입안이 헐고 어떤 사람은 혈압이 오르고 어떤 사람은 짜증을 낸다. 머릿속에서 소리가 나는 현상이 생기지 말란 법이 없다. 피곤하지 않은 날이 거의 없었고 스트레스를 받지 않은 날도 거의 없었으니까 그렇게 생각하는 것이 이상하지 않았다. 그는 잠을 자거나 진통제를 먹거나 진통제를 먹고 잠을 잤다. 그러면 나아졌다. 그러나 일시적이었다. 그 소리가 자주 들리고, 크게 들리고, 그 간격이 좁혀지자 하는 수 없이 병원을 찾았다. 의사는 이명에 대해 설명했다. 다른 사람에게는 들리지 않는 소리를 자기만 듣는다는 점에서 이명이라는 진단이 틀리지 않았다. 이명이려니 했다. 이명이었으면 했다. 의사는 여러 가지 검사를 했지만 귀의 내부에서도 외부에서도 원인을 찾지 못했다. 그리고 그것이 그의 증상이 이명인 이유였다. 원인을 찾을 수 없는 것이 이명인데, 그것은 이명이 객관적인 원인을 가지고 있지 않기 때문이라는 것이었다. 의사는 귀에서 나는 소리가 삐삐인지, 쐑쐑인지, 위윙인지, 아니면 귀뚜라미 울음소리 같은 건지 알고 싶어 했다. 한중수는 삐삐도 쐑쐑도 위윙도 귀뚜라미 울음소리도 아니고, 귀에서 나는 소리도 아니라고 대답했다. 의사는 한중수가 삐삐도 쐑쐑도 위윙도 귀뚜라미 울음소리도 아니고, 굳이 말하자면 사이렌 소리라고 하는데도 삐삐거나 쐑쐑이거나 위윙이거나 귀뚜라미 울음소리이거나 그 비슷한 소리를 그렇게 들은 거라고 하고, 한중수가 귀에서 나는 소리가 아니라 머리 한복판 정중앙에서 시작되어 머리 전체로 동심원을 그리며 퍼져 나가는 소리라고 하는데도 귀에서 나는 소리를 머릿속에서 나는 것으로 착각하는 것이라고, 그것은 마치 사랑니가 나려고 할 때 통증의 진원지는 사랑니가 뚫고 나오려고 하는 잇몸인데도 귓속이 아픈 것처럼 느끼는 현상과 같다고 말했다. 한중수가 동의하지 않는 눈치를 보이자 혹시 모르니까 뇌에서 원인을 찾아보겠다며 최첨단 기계로 그의 머릿속을 촬영해보자고 했다. 뇌 사진을 들여다보며 의사는 증상의 원인이 될 만한 것을 뇌에서도 찾지 못했다고 말했는데, 그때 한중수는 대기권 바깥을 비행하고 돌아온 우주인이 하늘 어디에도 신은 존재하지 않았다고 말했다는 일화가 생각나 표시 나지 않게 웃었다. 그 이후에도 한중수는 머릿속의 사이렌 소리가 참을 수 없을 정도가 되면 관성에 따라 병원을 찾았지만, 기본적으로 의사에게 동의하지 않았기 때문에 건성으로 오갔고, 의사가 치료해줄 거라고 믿지 않았기 때문에 차도가 없어도 실망하지 않았다. 다른 일로 만난 J가, 그의 증상에 대해 듣고 나서 의사가 고쳐줄 거라고 믿고 있는 건 아니지? 하고 질문했을 때 한중수는 그 이유로 자기가 의사와 병원의 조치에 그렇게 소극적이었다는 사실을 인정했다. "죽을병은 아니지만 죽는 게 낫다고 소리치고 싶을 수 있는 병인 건 맞는 것 같다. 그거 경고음인 거 너도 알지? 경고를 무시하면 큰일 난다는 것도. 알면서 아닌 척, 모르는 척 버티고 있

을 테고. 내 생각엔 오래 버틴 것 같다. 오래 버텨
좀 심각해진 거 같다. 맷집 센 놈이 골병드는 거
모르고 견디다 가는 거다. 죽기 싫으면 나와 상담
해라. 정식으로. 의사 대 환자로." 한중수는, 친구
의 아픔을 수익 올릴 호기로 삼겠다는 이 천하의
악한을 어떻게 믿어, 하고 농담을 하며 그 제안을
거절했다. 나는 네가 무슨 말을 할지, 무슨 충고
를 할지 다 알 것 같다, 그런데 상담을 왜 하냐, 하
며 웃어넘기는 한중수에게 J는, 그러니까 상담을
해야지, 나는 네가 들으려고 하지 않는 네 내면의
음성을 들려줄 거거든, 하고 말해서 뜨끔하게 했
다. 그 자리에서는 호기롭게 거절했지만, 네가 들
으려고 하지 않는 네 내면의 음성을 들려줄 거라
는 친구의 말이 자꾸 떠올랐다. 결국 대기업 계열
사 직원들 앞에서 강연을 하다가 머리를 부여안
고 밖으로 나가 벽에 머리를 찧어대는 한중수를
직원들이 119를 불러 응급실에 보낸 일이 생긴
후에야 한중수는 J를 찾아갔다. 문제의 심각성을
받아들였으므로 그는 이전과 비교할 수 없을 정
도로 성실한 환자가 되었다. 대단치 않은 스트레

스 정도로 치부하고 무시하게 했던 그의 생존 본
능이 이번에는 대단한 것으로 받아들이고 적극성
을 보이게 했다. 효과도 나타났다. J의 충고를 따
르면서 경고음이 들려오는 횟수는 확실히 줄어들
었다. 그러나 완전하지는 않았다. 한중수의 상황
을 꽤 심각하게 인식한 J는 하고 있는 일로부터
의 잠정적 후퇴를 주문했고, 한중수는 그것이 자
기에게 필요한 처방이라는 것을 알았다. 지금 후
퇴하지 않으면 다시 일할 기회가 영원히 없을지
도 모른다는 충고가 단순한 엄포가 아니라는 것
도 인식했다. 고등학교 때부터 알고 지낸 J는 한
중수의 치열한 생존 투쟁에 대해 잘 이해하고 있
었다. 스물한 살의 대학생인 그가 세상을 뜬 아버
지로부터 물려받은 것이 감당할 수 없이 많은 빚
과 술과 춤과 화투에 빠져 사는 우울증 환자인 어
머니였다. 사장 아들이 사장이 되고 교수 아들이
교수가 되고 부자 아들이 부자가 되는 고착된 사
회는 가난한 자에게 가난에서 벗어날 길을 허락
하지 않았다. 아버지가 남긴 빚은 빚을 먹으며 덩
치를 키워 그와 그의 인생을 잡아먹을 만큼 무시

무시한 괴물이 되었다. 괴물에게 잡아먹히지 않으려면 필사적이 되어야 했지만 필사적으로 몸부림쳐도 괴물의 손아귀에서 빠져나가기가 어려웠다. 차라리 괴물에게 잡아먹혀 시달리지나 않았으면 좋겠다는 자포자기의 마음이 들 때가 한두 번이 아니었다. 실제로 절반쯤 정신이 나간 상태에서 목을 매려고 벽에 박힌 못에 노끈을 거는 자신을 의식하고 정신이 번쩍 들어 주저앉아 운 적도 있었다. 청춘의 낭만 같은 것은 그에게 없었다. 허덕이며 20대를 보내고 30대를 보냈다. 그는 미친 것처럼 살아왔다. 그에게 세상은 전쟁터와 같았다. 전쟁에서 살아남기 위해 그는 매일 싸워야 했다. 한순간도 마음을 내려놓지 못했다. 늘 마음을 들고 살아야 해서 힘들었다. 세상이 그에게 전쟁을 건 것이 아니라 그 스스로 세상을 전쟁터로 만들었다. 그는 평화를 믿지 못하는 자였다. 평화를 바라지 않은 것이 아니라 세상이 평화로울 수 있다는 것을 믿지 못했다. 평화를 공급받은 적이 없는 그는 평화를 누릴 수 없었고 누리는 것이 가능하다는 생각도 하지 못했다. 평화의 세상,

평화의 시간처럼 보이는 어떤 상태를 그는 가장 불안해했다. 평화는 기만이고 거짓이고 속임수이고 미끼일 수밖에 없었다. 그것은 평화처럼 보일 뿐 평화가 아니었다. 선전포고는 항상 그가 했다. 세상이 그의 선전포고를 받아주지 않는 경우가 많았지만, 그래서 혼자 치열하게 싸우다가 공허해지기도 했지만 그는 가진 것이 없으므로 언제나 먼저 싸움을 걸어야 했다. 가진 것이 없는 자가 가지기 위해 필요한 것은 싸움밖에 없었다. 가진 것이 없는 자가 아무것도 하지 않을 때 가진 자는 그 상태를 평화라고 부른다는 것을 그는 경험을 통해 깨달았다. 가진 것이 없는 자가 아무것도 하지 않는데도 가진 자가 자기 것의 일부를 내주는 일은 절대로 일어나지 않았다. 가진 것이 없는 자가 아무것도 하지 않으면 가진 것이 없는 자는 가진 것이 없는 채로 살게 된다는 것을 그의 경험이 가르쳤다. 그러니까 가진 것이 없는 자가 무언가를 가지기 위해서는 가진 자가 하지 않는, 할 필요가 없는, 치열한, 치사한, 때로 공허한 싸움을 하지 않을 수 없었다. 그럼에도 불구하고 한중수가 그 불리한 전쟁을 치르기 위해 동원할 수 있는 병력은 따로 없었다. 그의 몸과 정신만이 번번이 그에 의해 소집되었다. 그의 몸과 정신은 잔혹하고 치열하고 치사하고 제정신이 아닌 상사에 의해 끊임없이 혹사당했다. 눈에 불을 켜고 살았다는 말은 문자 그대로 그에게 해당된다. 그는 세상과 사람을 쏘아보며 살았다. 그는 최전선에서 보초를 서는 초병과 같았다. 밤낮을 가리지 않았고 거리의 멀고 가까움을 따지지 않았고 일의 쉽고 어려움을 구별하지 않았다. 서른다섯 살에 자본금을 댄 직장 후배와 함께 창업한 회사는 우여곡절과 파란만장과 기사회생을 거쳐 제법 번듯해졌다. 그는 J의 충고와 내면의 목소리를 따라 창업 이후 7년 동안 하루에 다섯 시간만 자고 일하며 끌고 온 경영 컨설팅 회사를 동업자인 후배에게 맡기고 뒤로 물러나는 결단을 내렸다. 살기 위해서였다. 가혹한 상사에게 시달릴 대로 시달린 그의 병사들이 지쳐 쓰러지거나 참다못해 폭발하기 전에 전쟁터를 잠시 떠날 것. 그것은 그가 받아들이지 않을 수 없는 그의 생존을 위한 처방이었다. 그러니까 그 역시 생존을 위한 것이었다. 여전히 그에게는 생존 이외의 삶은 없었다. 캉탕 까지 오게 된 한중수의 사연이 그러했다. 이 모든 자기 이야기를 그가 알고 지낸 지 얼마 되지 않은 사람에게 털어놓은 것은 의외였다. 그것은 그 해임 통고를 받은 선교사가, 당신이 갑자기 그렇게 이상한 모습으로 쓰러진 것이 내가 한 말과 관계가 없지 않다는 생각이 들어 마음이 무겁습니다, 라고 말했기 때문이다. 한중수는 자기가 그렇게 이상한 모습으로 갑자기 쓰러진 것은 그나 그가 한 말과 무관하기 때문에 마음에 부담을 느낄 이유가 없다는 것을 전하기 위해 고질이나 다름 없는 자기 머릿속의 요란한 사이렌 소리에 대해 이야기했고, 여기까지 온 사연에 대해 이야기했다. 그 과정에서 자기도 모르게 자신의 삶을 고백한 것처럼 되어 나중에는 조금 쑥스러웠고, 그런 고백을 해낸 자신이 낯설었다. 캉탕병원의 젊은 의사는 정밀검사를 한번 받아보겠느냐고 물었다. 그는 지금은 그러고 싶지 않다고 대답했다. 의사는 안정을 권하고, 식염수가 주사기를 통해 주입

되는 모습을 확인한 다음 언제든 몸에 이상 신호
가 오면 다시 찾아오라고 말했다.

18

"나는 당신이 그렇게 갑자기 이상한 모습으로 쓰러지고 의식을 잃은 것이 내가 한 말과 관계가 없지 않다는 생각이 들어 마음이 무겁습니다." 그 사람은 정확히 그렇게 말했다. 나는 그렇지 않다고 대답했지만, 그럴지 모른다는 생각이 드는 걸 피하기 어려웠다. 나는 그가 받은, 아주 먼, 외계와도 같은 과거로부터 온 해임 통고에 대해 생각했다. 어디부터 나인지, 어디까지 나인지 묻는 그의 선문답과도 같은 질문은 내 머리에서 사라지지 않았다. 그는 내가 모르는 사람이었다. 모르는 사람으로부터 자극을 받지 않는다는 건 생존을 위한 내 매뉴얼 가운데 하나이다. 자극은 어떤 반응인가를 유도한다, 혹은 요구한다. 자극에 대한 정직한 반응이 누군가를 불편하게 할 가능성이 있을 때, 그리고 그 누군가가 무시할 수 없거나 무시하면 안 되는 사람일 때 반응은 구부러진다. 항상성 유지를 위해 왜곡이 필요하다는 것은 역설이다. 항상성을 원하는 욕구가 강할수록 왜곡도 심해진다. 왜곡의 과정은 왜곡의 결과가 아무리 단순하다고 해도, 그 결과와 상관없이, 필요에 의해 왜곡을 행해야 하는 자에게는 복잡하고 난해하다. 변형과 조작의 흔적을 겉으로 드러내면 안 되기 때문이다. 왜곡하는 자는 '구부리기, 그러나 똑바르게'라는 불가능한 과업을 수행하는 자이다. 갈등이 생기지 않을 수 없고, 이 갈등은 곧바로 물리적 손실로 이어진다. 그러니까 관계없는 사람에게까지 자극을 받으며 살 이유가 없는 것이다. 그런 점에서 나는 철저한 편이다. 내 철저함에 균열이 생긴 것일까. 이 균열은 누적된 억압과 피로의 산물일까, 아니면 회복의 조짐일까. 전선에서의 철수가 준 선물일까, 아니면 안일과 나태의 부작용일까. 나는 생각한다. 행위가 언제나 의도에 순종하는 것은 아니고, 모든 행위가 의도를 가지고 있는 것도 아니다. 자극이 반응(구부리기, 그러나 똑바르게)에 이르는 길의 복잡 미묘함에 대해 빠짐없이 말할 수 있는 자가 누구인가. 어떤 미미한 자극은 미로와 같은 복잡한 행로를 거쳐 폭풍과 같은 반응을 이끌어낸다. 미로와 같은 복잡한 행로, 근원을 알 수 없는, 예기치 않은, 대비할 수 없는 덮침. 나는 그런 것을 경계한다. 그런데 경계한다는 것은 예감하고 있다는 것이 아닌가.

19

병원에서 나오다가 한중수는 1층 로비에 우두커니 앉아 있는 집주인 핍을 보았다. 그는 마주 보고 놓여 있는 네 개의 긴 의자 가운데 하나를 차지하고 있었다. 한중수는 핍이 부인을 간호하러 하루에 한 번씩 들른다는 병원에서 자기가 치료를 받았다는 사실을 그제야 알아차렸다. 핍은 혼자였다. 그가 앉은 의자에는 그 말고는 사람이 없었다. 다른 의자에는 일행으로 보이는 이들이 둘씩, 셋씩 앉아 나지막한 목소리로 이야기를 나누고 있었다. 볼륨을 줄인 채 켜져 있는 텔레비전에서는 지금은 보기 힘든 전통 복장을 한 사람들이 거리를 행진하는 모습이 나왔다. 낯익은 풍경이었다. 캉탕항구의 축제를 중계하듯 내보내는 것으로 보아 지방 채널을 틀어놓은 모양이라고 한중수는 생각했다. 소리가 나오지 않는데도 한중수의 귀에는 와자지껄한 거리의 소음과 악기 소리가 들리는 것 같았다. 텔레비전 화면을 보고 있는 사람은 아무도 없었다. 핍의 눈길이 그쪽으로 향하고 있었지만 텔레비전을 보고 있는 것 같지는 않았다. 실내의 조명은 밝지 않았다. 분위기는 무겁고 조용하고 약간 침울했다. 어디를 보는 것도, 누구와 이야기하는 것도 아닌 채 허리를 곧추세우고 앉아 있는 핍은 어둡고 무겁고 조용하고 침울한 그곳의 분위기를 만드는 데 기여하고 있었다. 그 분위기 때문에 한중수는 아는 체하지 말고 그냥 가버릴까, 잠깐 생각했다. 그러나 그것은 한집에 사는 사람으로서 도리가 아닌 것 같았다. 한중수는 다가가 인사했다. 핍은 반가워하지도 않고, 놀라지도 않았다. 어디를 향하고 있는지 종잡을 수 없는 그 여전한 표정만으로는 한중수를 알아보기나 한 건지 확신하기 어려웠다. 한중수는 우연히 이 병원에 오게 되었는데 여기서 뵙게 될 줄 몰랐다고 말을 걸었다. 핍은 특별한 반응을 보이지 않았다. 한중수는 그런 그에게 익숙해져 있었으므로 섭섭하지 않았다. 한중수가 기왕 만났으니 부인을 뵙고 가고 싶다고 말하자 핍은 고개를 저었다. "나야는 자." 무릎 위의 가죽 가방을 손으로 매만지며 핍이 말했다. 한중수는 책을 읽어주었느냐고 물었다. 핍은 대답하지 않았다. 한중수는 그냥 병원을 나갈지 조금 더 같이 있어줄지 정하지 못하고 머뭇거렸다. 그때 나이가 꽤 들어 보이는 간호사 복장의 여자가 핍에게 다가와서 무슨 말인가를 했다. 정확하지 않지만 병실 호수를 알려주는 것 같았다. 그러자 핍이 벌떡 몸을 일으키더니 가방을 들고 간호사를 따라갔다. 깜짝 놀란 것 같다고 처음에는 생각했으나 기다렸다는 듯이라고 해도 틀리지 않을 것 같은 동작이었다. 한중수는 노인의 가방 안에 부인에게 읽어주는 책이 들어 있을 거라고 생각했다. 그는 아내의 병상 옆에 의자를 갖다놓고 앉아 책을 읽는 노인의 모습을 상상했다. 부인의 핏기 없는 손을 잡고 있는 노인의 주름진 손을 그려보았다. 느리고 부드럽고 건조한 목소리가 귓가에 들리는 듯했다. 더 이상 부인이 다시 일어날 거라는 소망 없이, 오랫동안 괴롭혀왔던 그런 소망의 가혹함으로부터 이제 자유로워져서, 간절함도 애처로움도 없이 무덤덤하게 읽어내는, 감흥 없는 목소리. 한중수의 상상은 어디까지 들어맞을까. 그는 핍을 데리고 갔다가 곧 돌아온 간호사에게 다가가 노인이 책을 읽어주러 간 거냐고 물었다. 간호사는 그렇다고 대답했다. 자기의 상상을 확인해보고 싶은 무익한, 그러나 유해하지도 않은 욕망이 한중수의 발걸음을 이끌었다. 그는 노인이 들어간 병실을 향해 다가갔다. 눈높이에 손바닥만 한 직사각형의 유리창이 뚫려 있어 문을 열지 않고도 내부를 확인할 수 있었다. 거기에 눈을 대고 안을 들여다본 한중수는 자기가 머릿속에서 상상한 그림이 눈앞에 그대로 펼쳐지고 있어서 깜짝 놀랐다. 물론 책 읽는 소리는 들리지 않았다. 그러나 침대에 누운 노부인 앞에 의자를 갖다놓고 앉은 핍이 한쪽 손을 잡고 책을 읽어주는 모습은 그의 상상과 다르지 않았다. 그는 그렇게 받아들이려고 했다. 그러나 사실은 그렇지 않았다. 모양은 같지만 채도가 전혀 다른 그림이 눈앞에 펼쳐져 있었다. 간절하지도 애처롭지도 않은, 무덤덤한, 감흥 없는 같은 수식어들을 동원해 만든 상상 속 그림과 눈앞의 그림은 같은 그림이라고 할 수 없었다. 그는 가슴속이 무언가로 꽉 차는 것 같은 느낌을 받고 한동안 그 자리를 뜨지 못했다. 뭉클한 것, 뜨거운 것, 서늘한 것, 감상적인 것, 그는 언제나 그런 것이 거북했다.

20

여섯 시간을 걸었다. 적어도 걷는 시간만큼은 니체의 수준에 육박하고 있다. 해변을 따라 걷다 보면 길이 경사를 따라 조금씩 높아지고, 그러다가 갑자기 발밑이 까마득해진다. 파도가 절벽의 단단한 육체를 두드리는 소리가 절규와 같아서 가끔 귀를 막고 싶어진다. 두 발을 움직여 걸으면서 나는 현재를 밀어낸다. 걸을 때 현재는 나로부터 밀려난다. 한 시간을 걸으면 한 시간만큼 밀려난다. 여섯 시간을 걸으면 여섯 시간의 현재가 밀려난다. 내 두 다리는 시계판 위의 바늘과 같다. 시침과 분침은 부단한, 힘겨운 움직임으로 시간을 밀어낸다. 시침과 분침이 멈추면 시계는 시간을 밀어내지 못한다. 시계는 시간을 밀어내지 않으면 안 되기 때문에 시침과 분침을 멈출 수 없다. 부단한 힘겨운 움직임의 결과는 무엇인가. 밀어내어 이르는 곳은 어디인가. 다른 도착의 자리는 없다. 번번이 떠났던 자리로 돌아오고 돌아온 자리에서 다시 떠난다. 시침과 분침은 어딘가에 도착하기 위해 밀어내는 것이 아니다. 도착하려는 의지는 시곗바늘에게 없다. 그런 게 있다면 어딘가에 멈춰 설 것이다. 걷는 자의 다리에도 이 의지는 없다. 그저 앞으로 나아갈 뿐이다. 뒤로 걷는 사람은 없다. 누구나 앞을 향해 걷는다. 그런데 앞은 언제나 앞에 있다. 앞으로 가도 앞은 앞에 가 있다. 앞은 점령되지 않는다. 앞에 도착할 수 있는 사람은 없다. 그래서 걷는 사람의 걸음은 멈추지 않는다. 멈출 수 없다. 땅을 밟고 떼는 두 다리에 의해 무엇인가가 밀려난다. 그뿐이다. 그러면 그때 밀려난 만큼 다가오는 것이 있다. 우리가 걸어서 거기에 다가가는 것이 아니라 우리가 걸으면, 걸은 만큼 거기가 우리에게 다가오는 것이다. 우리가 두 다리로 부단히 걸어 그 시간에 이르는 것이 아니라 우리의 부단한 걸음에 의해 그 시간이 우리에게 오는 것이다. 여섯 시간을 걸었다. 나는 오늘 여섯 시간만큼 나를 밀어낸 것이다.

21

그의 방에서는 항구가 내려다보였다. 분주하
거나 한가하게 오가는 사람들, 물건을 파는 가판
들, 항구에 정박된 크고 작은 배들, 돛대 위를 나
는 갈매기들, 방파제를 희롱하는 바다 물결들, 그
리고 축제를 위해 가설된 방파제 위의 돛대를 연
상시키는 거대한 조형물. 타나엘은 한중수를 항
구가 잘 보이는 자기 방 창가에 앉혔다. 먼 과거
로부터 해임 통고를 받은 선교사의 이름이 타나
엘이었다. 의식을 잃고 쓰러진 한중수를 병원에
데려간 일을 계기로 두 사람은 꽤 가까워졌다. 타
나엘은 여간해서는 자기를 공개하지 않는 부류의

사람이었다. 그런 사람이 선교사였다는 것이 농담처럼 들렸다. 한중수가 바닷가를 산책하고 들어갔을 때 피쿼드에는 앉을 자리가 없었다. 축제가 시작된 이후 나타난 현상이었다. 갈증을 달래줄 생맥주 한 잔을 들이켜고 싶은 마음이 간절했기 때문에 한중수는 입구에 서서 마시려고 했다. 안과 밖에는 그와 마찬가지로 자리를 못 잡아 선채 마시면서 이야기를 나누는 손님들이 꽤 있었다. 그가 주문한 맥주가 탐스러운 흰 거품과 함께 투명한 유리잔에 따라지는 모습을 침을 삼키며 지켜보고 있는데 안쪽에서 타나엘이 걸어 나오다가 그를 보았다. 시끄러운 실내 분위기를 견디지 못하고 나가는 것으로 보였다. 타나엘이 늘앉아 있던 구석 자리를 살피니 그사이에 다른 사람이 차지하고 앉아 있었다. 한중수를 스쳐 지나가려던 타나엘이 실내를 쓰윽 둘러보며 몇 차례머리를 흔들더니 자기 방에 가서 한잔하겠느냐고물었다. 한중수는 본능적으로 경계심이 작동하는 바람에 잠깐 망설였지만 그러나 경계심을 앞지르는 어떤 예감의 추동을 받고 맥주잔을 든 채 그를 따라갔다. 그의 방은 3층에 있었다. 삐걱거리는 나무 계단을 따라 올라가자 복도가 나타났고, 복도는 어두웠고, 이어서 방들이 나타났고, 방들은 바다 쪽을 향해 나 있었다. 그의 방은 복도와 마찬가지로 어두웠으나 타나엘이 커튼을 젖히자 바닷물을 타고 미끄러져 들어온 햇빛이 눈을 부시게 했다. 한중수는 순간적으로 눈을 감았다가 떴다. 빛이 너무 강해서 보통 때는 커튼을 치고 지낸다고 타나엘이 말했다. 햇빛은 추궁하는 것 같다고, 굳이 보지 않아도 되는 걸 보게 한다고, 보이지 않을 때는 괜찮은데 일단 보게 되면 괜찮지 않게 되는 경우가 있다고, 때로는 햇빛에 의해서만 드러나는 먼지 같은 것이 정말로 있는 것인지, 혹시 햇빛이 만들어낸 마술은 아닌지 의심하게 된다는 요지의 말을 그는 바다에 떨어져 있는 옷가지들을 줍느라 방 안을 왔다 갔다 하며 중얼중얼 늘어놓았다. "밤이 되면 커튼을 걷어요. 밤에는 햇빛이 없으니까요. 띄엄띄엄 서 있는 흐린 가로등 불을 받아 어스름한, 지나다니는 사람이 하나도 없는, 있더라도 어쩌다 한 명씩 터덜

터덜 걸어 다닐 뿐인, 왜 밤에는 사람들이 한 명씩 다니는지 모르겠어요, 어쨌든 햇빛 쨍쨍한 낮과는 사뭇 다른 밤의 항구를 불을 끈 채 여기 서서 내려다보곤 해요. 서랍 안쪽 깊숙한 곳에서 우연히 발견된, 아주 오래전에 찍은, 찍었는지도 기억이 잘 나지 않는 낡은 사진을 보는 것 같아요. 누군가 등을 툭툭 두드리는 것 같다고 해야 하나. 같은 장소인데 왜 그렇게 다른 느낌을 주는 건지 모르겠어요." 창 앞에 선 타나엘의 목소리는 감상에 젖어 울적했다. 한중수는 무의식적으로 그의 감정에 전염되지 않으려고 딴청을 부리는 자신을 의식했다. 그가 타나엘의 말을 받아주지 않았기 때문에 잠시 어색한 침묵이 흘렀다. 한중수는 거품이 사그라든 맥주를 마셨다. "회고록은 잘 써집니까?" 질문을 하고 나서 한중수는 곧장 상대가 탐탁지 않아 할 질문을 했다는 걸 깨닫고 움찔했다. 그러나 꼭 그렇지는 않은 모양이었다. 글을 쓰는 것이 어렵습니다, 그렇지만, 하고 곧바로 대답을 하는 것으로 보아 오히려 한중수의 그런 질문을 기다리고 있었던 것 같기도 했다. 어쩌면 자기 방으로 그를 데리고 온 것이 그와 무관하지 않을지 모른다는 생각까지 하게 된 것은 그가 숨을 고르듯 잠깐 쉬고 나서 다음과 같이 말했기 때문이었다. "한중수 씨에게 고맙다는 말을 하고 싶었습니다. 글을 꼭 노트에만 쓰는 게 아니라는 사실을 한중수 씨가 알게 했습니다. 이 말은 좀 이상하게 들릴지 모르겠고, 어쩌면 언짢아할지도 모르겠지만, 진심입니다. 지난번 병원에서 한중수 씨는 나에게 자기 이야기를 들려주었습니다. 말하기 쉽지 않은 내용이 있었다고 나는 생각합니다. 솔직히 아무에게도 하지 않은 이야기를 나에게 하고 있는지 모른다는 생각도 들었습니다. 만일 그렇다면, 그런 일이 어떻게 일어난 것일까, 생각을 하지 않을 수 없었습니다. 쉽게 할 수 없는 이야기를 왜 내게 한 것일까, 어떻게 가능했을까. 마침내 나는 그때 한중수 씨가 글을 쓰고 있었다는 결론을 내렸습니다. 말을 하는 방식으로 자기 글을 쓰고 있었구나 싶었습니다. 펜으로 노트에 쓰는 것이 아니라 입으로 내 귀에. 바울은 고린도의 성도들을 향해 그리스도의 편지라고 부르면서, 이 편지는 먹물로 쓴 것이 아니라 영으로 썼고, 돌판에 쓴 것이 아니라 사람의 마음에 썼다고 했습니다. 먹물로 돌판에 쓴 것이 아니라 영으로 마음에. 일반적으로 물에 글을 쓸 수는 없지요. 그러나 땅에 쓸 수는 있습니다. 땅에 쓴 글씨는 물론 오래가지 않지요. 무엇으로 쓰는가도 어디에 쓰는가 못지않게 중요합니다. 이를테면 눈으로는 쓸 수 없지요. 그러나 손가락으로는 쓸 수 있습니다. 물론 이것 역시 오래가지는 않겠지만. 역설이지만 그래서 안전한 것도 사실입니다. 어떤 경우에는 그래서 쓸 수 있습니다. 안전이 보장되지 않으면 쓸 수 없는 글이 있습니다. 입으로 귀에 쓰는 건 가장 안전합니다. 적히는 순간 휘발되어 날아가버리기 때문입니다. 그래서 쓸 수 있습니다. 한중수 씨는 그때 안전이 확보되었기 때문에 안심하고 글을 쓴 것이 아닙니까? 한중수 씨의 입으로 내 귀에. 그렇지 않습니까?" 타나엘은 미리 할 말을 오래 생각한 것처럼 거침이 없었다. 그러니까 한중수는 타나엘의 안전한 글쓰기를 위한 필기구로 그 자리에 불러내진 셈이었다.

그는 이제 안전한 글쓰기를 시도할 예정이었다. 타나엘은 자기 역시 그런 식으로 당신에게 이용당했으니 너무 억울해하지 말라고 말했다. 한중수는 농담인 줄 알고 웃으려 했는데 말하는 사람의 표정이 너무 딱딱해서 그러지 못했다. 그의 말대로 그들이 서로의 귀에 입으로 글을 쓰는 것이 왜 안전한지, 왜 서로의 귀를 필요로 하는지 모른다고 할 수는 없을 것 같았다. 그들은 서로를 간섭할 수 없는 사람들, 타나엘의 표현대로 하면 안전한 사람들이었다. 한중수는 그의 제안을 받아들이지 않을 이유를 찾을 수 없었다. 그렇지 않아도 그의 해임 통고가 외계와도 같이 먼 과거에서 왔다는 말이 무슨 뜻인지 알고 싶던 터였다. 맥주잔을 내려놓은 한중수는 무릎을 나란히 모으고 상체를 앞으로 약간 기울여, 자, 쓰세요, 하는 것 같은 포즈를 취했다. 스스로 안전하다고 말한 방식의 글쓰기도 마냥 쉽지만은 않은 것일까, 한중수를 물끄러미 쳐다보던 타나엘은 창밖으로 눈길을 돌렸다. 한중수의 눈길도 창밖을 향했다. 사람들이 던져주는 과자 부스러기를 공중에서 낚아채며 유난스럽게 출싹거리는 갈매기들이 시야에 들어왔다. 어떤 갈매기는 아이 손에 들린 과자를 빼앗아 날아갔다. 며칠 동안 사람들이 매달려 완성해놓은 돛대 모양의 커다란 조형물 위에 앉아 쉬고 있는 놈들도 있었다. "저놈들이 먼저 차지하고 앉아 있네요. 저기 저 갈매기들 말입니다. 축제 마지막 날 저기서 사람들이 바다로 뛰어내릴 겁니다. 볼 만해요. 멀리서 보기에는 그냥 기다란 나무 기둥 같지만, 기둥 꼭대기에 여러 명 서 있기에 충분한 공간을 만들어뒀어요. 실제로 안전 요원들이 여러 가지 주의사항을 알려주고 그러지요. 거기 서서 내려다보면 좀 아슬아슬합니다. 하지만 아슬아슬하기만 한 건 아니에요. 그렇기만 하다면 다투어 올라가지 않겠지요. 나는 거기에 올라가봤습니다." 저기서 뛰어내린 적이 있다는 뜻이냐고 한중수가 묻자 타나엘은 그렇다는 뜻으로 고개를 끄덕였다. "비행기 창문으로 끝없이 펼쳐진 구름밭을 본 적이 있나요? 실제로 그럴 리 없는데도 부드럽고 탐스러운 목화솜처럼 느껴지지 않던가요? 작년에 저 꼭대기에 올라가 아래를 내려다보는데, 아찔한 느낌은 잠시고, 발밑 바닷물이 비행기에서 내려다보았던 그 구름밭으로 보이더군요. 거기 서 있으면 반쯤 넋이 나간 것처럼 몽롱해지면서 현실감이 엷어져요. 기분이 야릇하지요. 여기가 어딘가, 나는 어느 하늘에 있나, 이 하늘은 몇 층인가, 뭐 그런……." 타나엘의 말은 한중수로 하여금 언제 나타날지 모르는 고래를 놓치지 않으려고 배의 제일 높은 곳 돛대 위에 올라가 망을 보는 피쿼드호의 선원들을 떠올리게 했다. 그 돛대 위에도 엉덩이를 걸치고 앉을 수 있는 공간이 마련되어 있다고 했다. 끝없이 지루하고 단조로운 물의 평원에서 피어오르는 수증기에 아득한 현기증을 느끼며 더러는 졸기도 하고 더러는 반쯤 넋이 나간 채 몽상에 잠기기도 한다는 곳. 그리고 어떤 이는 그런 반의식 상태에서 알 수 없는 충동에 이끌려 물 위로 뛰어내리기도 했을 것이다. 끝없이 지루하고 단조롭게 펼쳐진 저 밑의 물이 목화솜이나 구름밭, 혹은 촉감 좋은 담요나 매끄러운 고래의 등처럼 느껴졌을지도 모를 일이다. 그럴 때 뛰어내리는 것은 조금도 이상한 일이 아니었을 것이다. 뛰어내리는 자는 자기 발을 받쳐줄 물 위를 겨냥했을지라도 물은 자기 품속으로, 안으로 끌고 들어갔을 것이다. 그렇게 물속으로 사라진 사람들이 있었을 것이다. 한중수는 문득 자기도 그 돛대 꼭대기에 올라가보고 싶다는 생각을 했다.

22

안전장치가 확보되지 않고는 자기 이야기를 할
수 없다. 임기를 도중에서 마치도록 강요당한 선
교사는 안전장치가 없는 글쓰기의 어려움에 대해
말했다. 그는 말하는 내내 회고록이라는 단어를
쓰지 않고 글이라고 했다. 그렇게 말함으로써 그
는 모든 글은 일종의 자기 고백이라는, 자기 고백
이어야 한다는 주장을 은연중에, 어쩌면 자기도
의식하지 못하는 가운데, 한 셈이다. 모든 글에는
의도하든 하지 않든, 심지어 드러내지 않으려고
의도할 때조차 글을 쓰는 이가 드러난다. 글쓰기
가 어려운 이유를 알겠다. 자기를 드러내지 않으

면 글이 아닌데, 자기를 있는 그대로 드러내기는 불가능할 정도로 어렵기 때문이다. 더구나 회고록은 온전히 자기를 드러내는 글이다. 자기를 드러내는 것이 아니고는 아무것도 쓰지 않는, 쓰지 않아야 하는 것이 회고록이다. 글을 통해 온전히 자기를 드러내는 것이 거의 불가능하다면 온전히 자기를 드러내는 것 말고는 아무것도 쓰지 않아야 하는 회고록은 기본적으로 불가능한 장르이다. 안전장치를 확보하고 쓰는 글은 회고록이 아니기 때문이다. 안전장치가 없으면 자기 고백을 할 수 없는데, 안전장치를 확보하고 하는 고백은 고백이 아니라는 것이 딜레마다. 그는 불가능한 일을 하려 했고, 그래서 성공할 수 없었다. 그래서 그는 먹물이 아니라 영으로, 돌판이 아니라 마음에 쓴 바울을 참조했다. 그는 글(회고록)을 쓰지 않을 수는 없기 때문에 안전장치를 찾아냈다. 그는 내가 그 방법을 전수했다고 말한다. 내가 먼저 그 방법을 썼다고 말한다. 그가 그 말을 할 때까지 나는 그 사실을 인식하지 못했다. 내가 그렇게 교활하다는 것을, 그런 교활함을 사용할 정도로 어떤 면에서 절실하다는 것을 인식하지 못했다. 그는 그런 말을 함으로써 내가 자기와 동류의 인간임을, 그 사실을 간파했음을 알리는 것인가. 그가 틀렸다고 말할 자신이 있는가. 그에게 나를 말하는 것은 물 위에 글을 쓰는 것과 같지 않았는가. 그래서 내 글쓰기는 가능했고, 그는 그것을 알아챘다. 내가 그에게 그런 것처럼 그는 나에게는 흘러가는 사람이다. 흐르는 물에 두 번 발 담글 수 없다는 것은 만고의 진리. 그는 물이 안전한 것처럼, 내가 그에게 그런 것처럼 내게 안전하다.

23

젊은 타나엘은 어떤 종교 집회에 참석하고 있
었다. 그가 참석한 종교 집회는 뜨겁고 열정적이
었다. 뜨겁고 열정적이라는 것은 내부에 있는 사
람의 느낌이고, 밖에 있는 사람의 눈에는 소란스
러운 광란의 몸부림으로 보였다. 울고 춤추고 뛰
고 노래 부르고 알 수 없는 말로 소리 지르는 그
집회에 그가 참석한 것은 뜻밖이었고 우연이었
다. 그 무렵 그는 심한 우울증과 대인 기피증과
열등감에 시달리고 있었다. 매사에 의욕이 없었
고 피곤했다. 그런 그가 그런 요란한 집회에 참석
한 것은 기적과 같은 일이었다. 평소의 그는 그렇

게 미친 것처럼 날뛰는 신비주의자들의 집회에 대해서는 티끌만큼의 호기심도 보이지 않는 사람이었다. 그는 그런 집회를 광란의 몸부림으로 보는 외부자였다. 냉소와 반감이라면 몰라도 호감을 가져본 적이 한 번도 없었다. 무엇보다도 그 시절의 그에게는 그렇게 울고 춤추고 노래하고 소리 지를 활력과 에너지가 없었다. 그는 아주 조용하고 느리고 게으르고 대체로 만사를 귀찮아하는 사람이었다. 평생에 걸쳐 그랬지만 그때가 가장 심했다. 그러니까 그 일에 대해 사람들이, 특히 그 종교 집회에 참석한 자들이 신의 특별한 간섭이었다고 해석한 것은 결코 과장이 아니고 허세도 아니다. 그곳에 오기 전의 그가 그렇게 심각한 우울증과 대인 기피증과 열등감에 시달리며 좌절의 나락에 빠져 지냈던 것도 그 용광로와 같은 곳에서 영적인 감화를 통해 새로 태어나게 하기 위한 신의 섭리 때문인 것으로 해석되었다. 다른 건 몰라도 그곳이 용광로인 것은 맞았다. 뜨겁고 이글거리고 이전의 형태를 부수고 새로운 형태를 빚어낸다는 점에서. 과거를 으깨고 뭉개고

용해시킨다는 점에서. 그는 그곳에서 세상의 종말을 선포하는 설교자의 말을 들었다. 세상에 대한 근거를 알 수 없는 적의를 가슴에 품은 채 끙끙거리던 내성적이고 우울하고 자폐적인 스물세 살의 청년은 세상이 마지막에 이르렀다는 메시지에 기름을 빨아들이는 심지처럼 화라락 반응했다. 그는 소수의 부자들과 권력자들의 안위를 위해서만 굴러가는 세상을 증오했다. 세상은 여전히 신분 사회였다. 신분 좋은 소수는 다만 운 좋게 신분 좋은 집안에서 태어났을 뿐인데도, 그것 말고 잘한 일이 없는데도, 그것은 그가 한 일이 아니므로 잘한 일이라고 할 수 없는데도, 분에 넘치는 대접을 받고 누리며 산다고, 그것은 옳지 않다고 그는 생각했다. 소수의 그들이 누리는 것은 그들이 누리는 것을 누리지 못하는 다수에 의해 제공된 것이었다. 그러나 그는 그런 세상을 바꾸거나 자기 처지를 바꿀 어떤 시도도 노력도 하지 않은 채 그저 투덜거리며 불만만 쌓았다. 이런 세상은 땅이 꺼지든지 하늘에서 불이 떨어지든지 해서 망해버려야 한다는 식의 생각만 곱씹고 있던 그에게 그 집회의 설교자는 정말로 이 세상이 지진으로 망하고 하늘에서 불이 떨어져 사라질 거라고, 그날이 코앞에 당도했다고 열변을 토해서 놀라게 했다. "곧 세상이 바다 밑으로 사라지거나 불에 타 없어지는데 무엇이 중요한가, 무엇에 연연하며 살려고 하는가? 딛고 있는 땅이 안전한 줄 아는가? 허공에 걸쳐 있는 하늘이 튼튼한 줄 아는가?" 그는 나중에 종말론을 지나치게 단순화하고 왜곡해서 받아들였다는 사실을 알게 되었지만, 어쨌든 지진과 불을 가지고 세상을 파괴할 거라는 그 종말의 예언으로 인해 그날 밤 파괴자인 신에게 붙잡혔다. 신은 그를 붙잡기 위해 설교자에게 다음과 같은 말을 하게 했다. "세상이 없어지는데 무엇이 중요합니까? 세상이 없어질 때 세상에 속한 것은 같이 없어집니다. 영광스러운 것도 사라지고 치욕스러운 것도 사라집니다. 세상에 속하지 않은 것만 없어지지 않습니다. 곧 없어질 것을 위해 일하지 말고, 곧 없어질 것에 연연하지도 말고, 세상이 없어져도 없어지지 않을 것을 위해 일합시다. 일할 사람이 필요합니다.

남은 삶 전부를 이 일에 바치기로 결단한 사람은 손을 드세요. 세상이 물속으로 사라지고 불에 타 없어질 때까지 사라지고 없어질 세상 일 하지 않고 이 소식 전하는 일 하며 살겠다, 선교사로 헌신하겠다, 하는 분 손을 드세요. 특히 젊은이들 손을 드세요. 손을 들고 앞으로 나오세요. 머뭇거리지 말고 앞으로 나오세요. 제가 축복해드리겠습니다. 여러분은 지금 엄청난 결단을 하고 있는 겁니다. 여러분, 박수 치세요. 여러분, 이 중요한 헌신을 결단한 분들, 여기 나온 분들, 특히 젊은이들을 위해 박수 치세요." 그날 꽤 많은 사람들이 손을 들며 앞으로 나갔다. 물론 타나엘도 앞으로 나갔고, 사람들의 박수를 받았다. 그날 손을 들고 눈물을 흘리며 앞으로 나간 사람 모두 선교사가 되었다고 단정할 수는 없다. 통계는 없다. 열광적인 집회장의 분위기에 녹아 흥분했던 감정이 식으면서 정신을 차리고 슬그머니 제자리로 돌아간 사람도 아마 많을 것이다. 곧 멸망할 세상이 아니라 아직은 괜찮은 세상에서 살기 위해서. 그러나 타나엘에게는 벌써 멸망했어야 할 세상이었으므로 돌아갈 이유가 없었다. 그는 돌아가지 않았다. 그는 그 집회를 주관한 교단의 훈련원에서 선교사 수업을 받았다. 교리와 파송 지역의 언어를 배우고 혼자 사는 데 필요한 기초적인 일들을 익혔다. 그 과정에서 그의 종말론은 세련되어졌다. 세련되어졌다는 것은 매끄러워졌다는 것을 의미한다. 닳고 섞이고 오염되었다는 것을 의미한다. 원래의 자리로, 그러니까 그 열광의 신비주의 집회 이전으로 돌아갈까 고민을 전혀 하지 않은 것은 아니었다. 그러나 그의 타고난 소심함과 느림과 게으름이 있던 자리에 그대로 있게 했다. 그는 이제는 세상이 당장 지진으로 망하거나 하늘에서 불이 떨어져 타버릴 거라고 믿지는 않는다. 그러나 그날이 머지않았다는 확신은 버리지 않았다. 무엇보다 이 세상이 오래 유지될 가치가 없다는 생각이 여전했다. 그는 종교의 형식을 빌려 다듬어졌지만 여전히 우울하고 소심하고 염세적이다. 사람들은 그것을 모른다. 그는 겉으로 보기에 조용하고 성실하고 심지어 경건한 종교인처럼 보인다. 조용한 사람의 내면에 무엇이 있는지 사람들은 모르고 관심도 갖지 않는다. 조용한 사람은 내면도 조용하리라고 생각한다. 아니, 그런 생각조차 하지 않는다. 사람들이 보는 것은 조용하고 성실한 선교사라는 그의 외면이다. 선교사는 그 직업의 전형성으로 판단되고 구별된다. 전형성의 내부가 전형적이지 않다는 것까지 생각할 만큼 사람들은 한가하지 않다. 그 정도의 너그러움을 가질 만큼 여유롭지 않다. 그리고 그가, 다른 지역에서는 어땠는지 모르지만, 캉탕에서 개종자를 한 명도 내지 못한 것은 실은 그에게 개종자를 만들 의지라는 것이 없었기 때문이다. 그는 개종자를 만들기 위해 선교사가 된 것이 아니라 세상이 무너지기를 바라서 선교사가 되었다. 그는 세상이 끝나기만을 바라는데 세상은 잘 끝나지 않는다. 그는 세상이 오래 유지될 가치가 없다고 생각하는데 사람들은 오래 유지될 세상에서 어떻게든 오래 잘 살 궁리로 바쁘다. 그런 사람들은 그의 세상 종말에 대한 경고를 주의 깊게 듣지 않을 뿐 아니라 거부한다. 스물세 살의 소심하고 우울하고 무기력하던 그를 흥분시켰던 그 종말론은 사람들을 깨우지 못한다. 그 이유가 무엇인지 그는 모르지 않는다. 그는 사람들을 설득할 능력이 없고 의지도 없다. 그는 자신이 선교사로 불리는 것을 거북해한다. 그러면서도 그는 그 일을 그만두지 않는다. 모순이지만 예외적이지는 않다. 모순된 현상은 뜻밖에 흔하고 일반적이다. 그만둘 어떤 일을 해온 사람이 일을 그만둔다. 일을 하지 않은 사람은 일을 그만둘 수 없다. 그가 하는 일이 그의 감정이든 미래든 인간관계든 무엇인가에 부담을 주고 갈등을 일으키고 방해를 해야 하는데 그러지 않기 때문에, 그럴 정도의 일을 하지 않기 때문에, 혹은 그 일이 어떤 일이든 그로 인해 방해받을 감정이나 미래나 인간관계가 없기 때문에 그는 일을 그만두지 않는다. 그는 세상이 곧 끝날 거라고 믿었고, 여전히 그럴 거라는 믿음을 가지고 있고, 또 그러기를 바라기 때문에 세상일에 연연하지 않는다. 어떤 일에도 연연하지 않는다. 더 가치 있거나 더 할 만한 일이 따로 있다고 생각하지 않기 때문에 더 가치 있거나 더 할 만한 일을 찾지 않는다. 선교사로 있어야 하기 때문이 아니라 무엇으로 있든 상관없기 때문에 선교사로 있는 상태를 굳이 바꾸려 하지 않는다. 그가 주장하는 종말론은 그에게 가장, 어쩌면 그에게만 영향을 미친 셈이다. 종말론은 그를 가장, 어쩌면 그만 설득한 셈이다. 그는 선교사로 불리는 것을 거북해하면서도 선교사로 불리는 채 세상의 마지막을 볼 생각이었다. 그런데 어느 날 갑자기 그를 파송한 선교 단체로부터 선교사 직무를 정지한다는 통고와 함께 귀국하라는 명령을 받았다. 선교사 역할을 제대로 수행하지 못했고, 무기력했고, 사명감도 없었고, 개종자 한 명 만들어내지 못했으니 그럴 만하다고 생각했다. 본부의 판단이 좀 늦었다는 생각까지 했다. 그러나 직무를 정지시키는 통고와 함께 전해진 경위서 작성 요청 문서는 전혀 다른 의식의 자장 안으로 그를 끌고 들어갔다. 개종자의 숫자나 직무 수행의 성실성이나 사명감과는 아무 상관없는 조치였다. 본부는 최근 선교 단체에 접수된 그에 대한 의혹을 적시하고 그 의혹에 대해 신과 양심 앞에서 정직하고 자세한 해명의 글을 쓸 것을 명령했다. 최근 타나엘의 고향 마을에서는 수십 년 전에 벌어진 해묵은 사건 하나가 화제를 모았는데, 그것은 큰 도시에 나가 돈을 번 한 부자가 버려진 고향 땅을 사들여 집을 짓는 과정에서 발굴된 한 구의 시신 때문이었다. 유전자 분석을 통해 경찰은 그 마을에 살았던 당시 서른두 살의 마리라는 여자의 시신임을 밝혀냈다. 30년쯤 전에 식당에서 일하던 서른두 살의 그녀는 어느 날 감쪽같이 사라졌고, 얼마 후 가족들에 의해 실종 신고가 되었으나 찾지 못한 채 잊혀졌다. 시신의 신원 확인과 동시에 재수사에 들어간 경찰은 당시의 기록을 뒤져 용의선상에 있던 사람들을 찾았다. 그 리스트에 타나엘이 있었다. 문제가 심각해진 것은 그와 실종 여인의 심상치 않은 관계에 대해 확신에 찬 진술을 하는 사람이 나타났기 때문이었다. 선교 단체에서 보내온 문서에 의하면, 그 사람은 두 사람이 연인이었으며, 적어도 자기가 관찰한 바로는 타나엘이 마리에게 생활의 많은 부분을 의지하고 있었다고 진술했다. 아홉 살이나 되는 두 사람의 나이 차이와 타나엘이 직업 없이 빈둥거렸다는 것이 근거로 제시되었다. 진술자는 그를 매우 부정적으로 기억했는데, 거드름 피우는 게으름뱅이에 여자에게 빌붙어 사는 기생충이며 마약과 알코올 중독자이기도 하다는 식이었다. 마리가 일이 끝날 무렵에 식당 앞을 어슬렁거리다가 같이 귀가하곤 했는데, 그럴 때면 마리가 끌려가는 것 같은 느낌을 받았다고 했다. 무슨 일인지 다투는 장면을 목격한 것도 여러 번이라고 했다. 그녀가 남자친구인 타나엘의 나태와 과도한 집착에 대해 투덜거리는 걸 들은 적도 있다고 했다. 그때 일을 그처럼 자세히 기억하는 것은 자기가 마리와 같은 식당에서 일했기 때문이고, 그 역시 그녀를 은근히 좋아했기 때문이라는 것이 진술자의 설명이었다. 그것만이 아니었다. 그가 타나엘을 의심하는 것은 그녀가 실종된 직후 그도 사라졌기 때문이었다. 처음에는 두 사람이 함께 다른 도시로 이사를 간 모양이라고 짐작했다. 실종 당시 참고인 조사를 받을 때 그가 그 이야기를 하지 않은 것은 그래서였고, 또 타나엘에 대한 질투심과 그녀에 대한 약간의 원망의 감정이 남아 있어서였던 것 같다고 술회했다. 그는 그녀의 실종과 함께 모습을 감춰버린 타나엘이 이 사건의 유일한 범인임을 확신한다는 사실을 숨기지 않았다. 물론 한 사람의 주장에 불과했다. 오래전 사건에 대한 그 사람의 지나친 확신은 오히려 의도를 의심하게 하는 측면이 있는 것도 사실이었다. 그러나 조사는 불가피하므로 되도록 빨리 귀국해서 조사를 받으라는 내용의 문서를 보내면서 선교단체는 경찰 조사와 별개로 본부에 이 의혹과 관련된 사실을 거짓 없이, 하나도 빼놓지 말고 소명할 것을 지시했다. "마리가 실종된 날이 바로 그날이었어요. 내가 그 열광적인 집회에 무엇에 홀린 것처럼 끌려 들어간 날이요. 그날이라는 겁니다. 믿을 수가 없어요. 그날 마리는 나에게 그만 헤어지자고 했어요. 전에도 말다툼을 하다가 그런 말을 하곤 했지만 그날은 다른 날과 달랐어요. 어쩌나 완강한지 도저히 뜻을 꺾을 수 없었어요. 다른 도시로 떠날 거라고, 다시는 보지 못할 거라고 했어요. 그냥 하는 말이 아니라는 걸 직감으로 알 수 있었어요. 어떻게 해야 좋을지 모르겠더라고요. 정신이 하나도 없었어요. 그녀를 원망하고 싶지는 않아요. 나를 참 많이 참아줬지요. 나라도 나를 그녀만큼 참아주지 못했을 거예요. 하지만 그때 그런 생각을 할 여유는 없었어요. 그럴 수 없잖아요. 마리를 정말 좋아했거든요. 마리는 내 전부였거든요. 나한테는 마리밖에 없었거든요. 마리 없는 삶은 상상할 수 없었거든요. 마리를 빼면 나는 아무것도 아니었거든요. 나는 미칠 것 같았고 어떻게 해야 할지 몰랐고 죽고 싶었고 죽이고 싶었어요. 모든 것을 다 부수고 나도 부서지고 싶은 충동에 휩싸였어요. 아마 소리 지르고 하소연하고 윽박지르고 위협하고 그랬을 거예요. 그래요, 몸싸움도 했었던 것 같아요. 왜 그러지 않았겠어요. 세상이 끝난 것 같았는데 말입니다. 그래요. 그날 그 열광적인 종교 집회에 스스로 끌려들어간 것은 그런 기분, 세상이 갑자기 사라져 없어진 것 같은 기분, 땅이 꺼지고 하늘이 불에 태워진 것 같은 그런 기분이 큰 작용을 했을 거예요. 그런 상태가 아니었다면 아마 그 집회에 가지 않았을 테고, 거기 가지 않았으면 나는 다른 사람이 되었을까요?" 의미심장한 암시를 담은 질문 다음에 그는 한동안 침묵했다. 그 침묵의 시간에 한중수는 타나엘이 하지 않은 말을 복원해보려고 했다. 그런 시간이 주어진 것이 고마울 정도로 그의 이야기는 숨이 막혔다. 그는 정성 들여 또박또박 글을 쓰듯 아주 천천히 말했으나 한중수는 그의 말을 따라 읽기가 벅찼다. 곳곳에서 질문하고 싶은 충동을 느꼈지만 질문을 함으로써 혹시 그의 안전한 글쓰기를 방해하게 될까봐 충동을 억눌렀다. 그러자 질문은 사라지고 머릿속이 헝클어졌다. 질문이 사라진 것은 정리되어서가 아니라 엄두가 나지 않아서였다. 그는 무슨 말을 하려는 것일까. 얼마간의 침묵 후 그는 이야기를 이어갔다. 그녀와 헤어진 날의 그 지옥 같던 기분은 그 집회의 열광적이고 종말적인 분위기에 의해 묻혔다. 그 집회의 시간은 그에게는 운명의 시간이었다. 모든 것이 뒤집어졌다. 용광로 속에 들어갔다 나온 것처럼 이전의 그는 사라지고 새로운 그가 태어났다. 그는 이전의 그를 매장하고 새로운 몸을 입고 무덤에서 나왔다. 그는 죽었고 부활

했다. 그는 다른 사람이 되었다. 그는 본부에 제출할 글을 쓰기 위해, 그러니까 신과 양심 앞에 정직하게 기록하기 위해 노트를 펴고 앉았다. 그 일은 그가 오래전에 매장한 낡은 몸, 흙 속에서 썩어 형체도 알 수 없게 된 죽은 몸을 무덤에서 꺼내는 작업과 같았다. 이미 부패해 냄새나는 그 몸을 해체하는 작업은 난해하고 고통스러웠다. 자기에게 매정하게 작별을 고하고 떠난 그녀가 왜 그 공터에 그렇게 오랫동안 묻혀 있다가 갑자기 나타나서 자기를 손가락으로 가리키는지 이해할 수 없었다. 그녀를 사귀는 동안 그녀에게 함부로 했던, 잘못한 일들이 떠올라 괴로웠다. 그녀에게 그는 믿음직한 남자가 아니었다. 그중에서도 가장 괴로운 일은 완강하게 떠나겠다는 그날의 그녀를, 전에 여러 번 그랬던 것처럼, 함부로 하고 잘못을 해서라도 붙잡지 않은 것이었다. 그렇게 해서 그녀를 불의의 사고로부터 지켜내지 못한 것이었다. 그러다가 문득, 그 운명의 날 자기가 매장한, 매장했다고 믿은 것이 과거의 자기가 아니라 마리의 몸이었던가, 하는 질문을 습격처

럼 받고 화들짝 놀라기도 했다. 땅이 꺼지거나 불
에 타 없어질 세상의 종말에 대한 그 집회 설교자
의 열광적인 메시지에 왜 그렇게 쉽게 빠져들었
는지, 곧 닥칠 종말에 대한 확신과 기대가 왜 그
렇게 갑자기 강렬해졌는지, 왜 그렇게 무작정 달
려들었는지, 의심이 생기기도 했다. 이전과 전혀
다른 사람이 되고, 세상은 곧 끝날 거라는 믿음에
투항함으로써 부정하려고 했던 것이 무엇이었는
지 추궁하는 목소리는 신랄했다. 그러나 새로운
그, 무덤을 열고 나온 그는 과거의 그, 무덤에 묻
힌 그에 대해 기억하기를 거부했다. 그는 마리와
헤어진 날의 죽을 것 같은 심정과 세상이 무너진
것 같은 절망과 알 수 없는 분노와 자기를 선교사
로 만든 그 종교 집회의 열기와 흥분에 대해 되도
록 상세히, 최대한 정직하게 썼다. 쓰려고 했다.
그는 썼다고 생각했는데 노트에는 쓰인 것이 없
었다. 몇 줄 쓰고 읽어보면 사실이 아닌 것 같아
지웠다. 어떤 문장은 지나치게 사실인 것 같아 화
급히 지우기도 했다. 사실이 아닌 것 같았던 문장
이 어떤 날은 사실인 것 같은 문장으로 둔갑해 그

를 놀라게 했다. 그는 사실이 아닌 것 같은 문장도 두렵고 사실인 것 같은 문장도 두려웠다. 사실이 아닌 것 같은 문장을 쓸 때는 속에서 쓴물이 올라오는 것 같아 힘들었고 사실인 것 같은 문장을 쓸 때는 몸이 말려 들어가는 것 같아 힘들었다. 같은 문장이 쓴물을 올라오게 하기도 하고 몸을 말려들게도 했다. 사실과 사실 아닌 것은 서로 몸을 바꾸고 서로의 몸속으로 파고들고 마구 뒤섞여서 무엇이 무엇인지 알 수 없게 되어버렸다. 어떤 문장을 써도 완전하지 않았다. 어떤 문장도 정직한 문장이 아니었다. 그는 아무것도 쓸 수 없었다.

24

과거는 입이 크다. 입이 큰 과거는 현재를 문
다. 때로 어떤 사람에게 이 묾은 치명적이다. 입
이 크기 때문이 아니라 이빨이 날카롭기 때문이
다. 대개의 경우 이 이빨은 현재가 알지 못하고
추측하지 못하는 이빨이다. 현재는 과거가 제자
리에 멈춰 있다고 생각하지만 그렇지 않다. 멈춰
있는 것은 과거에 대한 현재의 기억, 혹은 짐작,
혹은 기대이다. 현재는 이해하지 못하지만 과거
는 움직이고, 자라고, 변하고, 그래서 몰라보게 달
라진다. 현재를 삼킬 만큼 커지고 현재를 물어뜯
을 만큼 날카로워진다. 현재가 감당하지 못할 만

166

큼 달라진다. 현재를 무는 과거의 이빨은 현재가 기억하지 못하거나 짐작하지 못하는 이빨이다. 기억하지 못하는 것은 달아났기 때문이고 짐작하지 못하는 것은 인정하지 않(으려 하)기 때문이다. 과거로부터 달아나는 것이 현재의 숙명이다. 과거로부터 달아나기를 원치 않는 현재는 없다. 과거의 능력을 인정하지 않는 것은 현재의 오만이다. 오만하지 않은 현재는 없다. 과거의 변신과 보복을 예감하고 대비할 만큼 겸손한 현재는 없다. 과거를 땅속에 묻었다고 안심하지 말라. 관 뚜껑을 열고 나오는 과거는 더 사납다.

25

피쿼드의 주인은 타나엘이 하루 종일 자기 방에 틀어박혀 나오지 않는다고 말했다. 아마 글이 잘 안 써지거나 잘 써지거나 둘 중 하나일 거라고 덧붙였다. 그것은 하나 마나 한 말이었다. 한중수는 자기도 그렇게 생각한다고 대꾸했지만 정말로 그렇게 생각하지는 않았다. 그는 이미 글을 썼기 때문에 이제 글을 쓰느라 골몰하는 일은 없을 거라는 것이 한중수의 생각이었다. 피쿼드의 주인 남자는 은근히 한중수가 올라가 봐주기를 바라는 눈치를 보였으나 한중수는 그렇게 하지 않았다. 그는 탈진해 있을 것이다. 그는 혼자만의 시간이 필요할 뿐이므로 혼자 있게 두어야 한다고 한중수는 생각했다. 아니, 더 정직하게는 그의 얼굴을 보는 것이 부담스러웠다. 그의 글쓰기가 정말로 안전한 것이었는지 확신할 수 없다는 마음도 생겼다. 그를 보러 갈 마음이 생기지 않았다. 어쩌면 타나엘 역시 그를 보기가 힘들어서 내려오지 않은 건지 모를 일이었다. 한중수는 타나엘의 심정을 헤아려보려고 했다. 그는 글을 썼지만 완전한 글을 쓴 것은 아니었다. 그의 글은 모호하고 흐릿했다. 그는 신과 양심 앞에 완전하고 충분히 자기를 드러내는 글을 써야 했는데, 그러려면 자기가 매장했다고 표현한 과거의 자기를 무덤에서 파내는 수고를 마다하지 않아야 했다. 그러나 그는 무덤 입구에서 망설이고 얼버무렸다. 한중수는 그의 주저하는 마음을 느낄 수 있었다. 그의 문장은 완전하고 충분하게 자기를 드러내기 위해 멈추지 않고 삽질을 계속해야 한다는 의무와 군이 삽질을 계속해서 부패해서 냄새날 것이 뻔한 그 안의 자기 얼굴을 마주하고 싶지 않다는 욕구 사이에서 씨름하는 사람의 문장이었다. 안전한 글쓰기에 대한 믿음이 충분하지 않았기 때문인지 모른다. 그것은 그에 대한 믿음과 연결되는 문제였으나 한중수는 그 문제를 깊이 생각하지 않으려고 했다. 그 대신 어떤 안전한 글쓰기도 온전히 안전할 수는 없다는 것, 모든 자기 고백적인 글쓰기는 완전히 자기 고백적일 수 없으며, 따라서 그런 글쓰기는 원칙적으로 불가능하다는 결론을 잠정적으로 내리는 것으로 만족했다. 그날도 피쿼드에는 손님이 많았기 때문에 주인인 일등항해사가 눈짓으로 자리를 만들어주겠다고 했지만 한중수는 거품 가득한 생맥주를 플라스틱 컵에 받아 들고 그곳을 나왔다. 일등항해사는 내일은 휴일이고 축제의 마지막 날이라 사람이 더 많을 거라고 하면서, 그렇지만 방파제에서 벌어지는 행사를 구경할 수 있도록 자기 집 3층 테라스를 개방할 테니 꼭 들르라고 귓속말을 했다. 큰 특혜를 베풀겠다는 은밀한 제안처럼 들렸다. 한중수는 그렇게 하겠다고 하고 그 집을 나왔다. 떠나면서 올려다본 3층 타나엘의 방은 두터운 침묵에 싸여 어두웠다. 무언가 무거운 비밀 덩어리를 등에 진 것처럼 발걸음이 무거워서 터덜거리며 걷다가 모래밭에 주저앉았다. 철썩거리는 파도를 바라보며 맥주를 마셨다. 둥글게 몸을 말면서 끊임없이 육지를 향해 달려오는 파도는 거대한 짐승처럼 보였다. 리바이어던은 바다에 살고 있는 거대한 생명체가 아니라 바다 자체인 것 같았다. 꿈틀거리는 바다는 금방이라도 박차고 뛰어올라 육지를, 육지의 한 부분인 그를 덮칠 것만 같았다. 한중수는 그 짐승을 피해 항구로 갔다. 사람들이 무질서하게 얽히며 오가고 있었다. 웃고 노래하고 춤추고 마시고 먹고 큰 소리로 떠드는 사람들이 그의 눈에는 생명 없는 유령들처럼 보였다. 저 사람들 속에는 무엇이 들어 있을까? 아는 사람들끼리만 웃고 노래하고 춤추고 마시고 먹고 큰 소리로 떠드는 것이 아니었다. 처음 본 사람끼리도 웃고 노래하고 춤추고 마시고 먹고 떠들었다. 처음 본 사람끼리는 더 잘 웃고 노래하고 춤추고 마시고 먹고 떠드는 것처럼 보였다. 처음 본 사람끼리 더 잘 어울리는 것은 그들이 처음 보았기 때문이 아니라 그들이 다시 보지 않을 것을 알거나 믿기 때문이다. 최소한 관계적으로는 실체가 없는, 유령과 같은 존재들이기 때문이다. 그 사실이 깨달아지자 얼음을 한 바가지 뒤집어쓴 것처럼 정신이 번쩍 들었다. 그가 타나엘에게 자기 이야기를 할 수 있었던 것은 안전하다고 느꼈기 때문이라는 말이 떠올랐다. 어떨 때 안전하다고 느끼는가. 처음 보았기 때문이 아니라 다시 보지 않을 것을 확신하기 때문이 아닌가. 그 말을 처음 들었을 때는 잘 이해하지 못했고, 그래서였겠지만 꼭 그렇지는 않다는 생각이 들어 고개를 갸우뚱했지만, 이제는 꼭 그렇다는 생각이 들어 고개를 들 수 없었다. 그는 누구에게도 하지 않은 말을 타나엘에게 한 사실을 기억해냈다. 심지어 J에게도 하지 않았거나 돌려서 한 말까지 그에게 했다. J에게 돌려서 말했다는 것은 J 역시 안전한 사람이긴 하지만, 완전히 안전하다고 인정하지는 않았다는 뜻이다. J가 안전한 것은 사람들의 마음을 읽고 해석하고 충고하는 그의 직업 때문이지 그가 고등학교 때부터 친구였기 때문은 아니었다. 고등학교 때부터 친구 관계라는 것은 안전하지 않다고 느낄 수 있는 무시할 수 없는 요소이다. 그가 그런 요소를 가지고 있음에도 불구하고 부분적으로나마 안전하다는 평가를 받을 수 있었던 것은 그의 직업 때문이다. 그 직업에도 불구하고 그는 부분적으로만 안전하다. 부분적인 안정감은 부분적인 솔직함을 이끌어낸다. 그 이상은 아니다. 타나엘은 왜 안전한가. 그와의 관계가 항구적이지 않기 때문이다. 관계라고 이름 붙일 만한 사이가 아니기 때문이다. 일시적이기 때문이다. 곧 떠날 사람이기 때문이다. 다시 보지 않을 사람이기 때문이다. 이제껏 관계 맺은 적이 없었다는 사실보다 더 핵심적인 것은 앞으로 관계 맺을 일이 없다는 사실이다. 그런데도 한중수는 실은 자기의 모든 것을 말하지 않았다. 그는 그것을 안다. 그가 말한 것은 그의 전부가 아니었다. 빚만 남기고 죽은 노름쟁이 아버지에 대해서는 말했지만 그 아버지를 향한 자신의 증오에 대해서는 말하지 않았다. 아버지 때문에 건너야 했던 험악한 세월에 대해서는 말했지만 그 아버지를 향한 자신의 죄책감에 대해서는 말하지 않았다. 아버지를 사람 취급하지 않았던 자신의 스무 살 무렵에 대해서는 말하지 않았다. "당신은 아버지가 아니야. 아버지라면 그럴 수 없어. 사람도 아니야." 방학 동안 막노동을 해서 마련해둔 자신의 등록금을 들고 나가 노름판에서 탕진하고 돌아온 아버지를 향해 그런 말을 한 자신에 대해서는 말하지 않았다. 아버지의 주먹질에 맞서 부르짖었던 저주 섞인 말에 대해서는 말하지 않았다. "차라리 없어져버려. 차라리 죽어버려." 그의 입에서 나온 그 험악한 말에 충격을 받은 아버지가 술에 취해 비틀거리면서도 부엌에서 칼을 들고 와서 고래고래 소리 지르며 그를 찌르려고 달려들었던 것은 말하지 않았다. 그러다가 문지방에 걸려 넘어진 아버지의 가슴에 꽂힌 칼에 대해서는 말하지 않았다. 그 칼이 아버지의 몸에서 피를 다 끄집어내는 동안 그 자리를 피했기 때문에 그 사실을 까맣게 모르고 있었다는 것은 말하지 않았다. 알려고 하지 않았다는 사실을 말하지 않았다. 그는 말하지 않았다. 대기업 계열사의 직원들을 상대로 강연을 하는 자리에 앉아 그를 노려보던 아버지의 붉은 눈을. 눈

에서 쏟아지던 붉은 피를. 어느 순간부터 아버지
는 그가 강연을 하는 자리에 늘 나타나서 그를 노
려봤다. 그러면 어김없이 머릿속 한복판에서 세
상을 삼킬 것처럼 맹렬하게 사이렌 소리가 울렸
다. 그 사이렌 소리가, 차라리 없어져버려, 차라
리 죽어버려, 하는 과거의 자기 목소리가 들리지
않도록, 그 큰 목소리를 잡아먹도록 하기 위해 머
릿속 한가운데서 만들어 내보낸다는 사실을 짐작
했지만, 그 짐작이 외면할 수 없는 진실이라는 사
실을 알았지만 그는 말하지 않았다. 말할 수 없었
다. 여태 관계가 없었고, 앞으로도 관계가 맺어질
가능성이 없는 사람임에도 불구하고, 그처럼 확
실해 보이는 안전장치에 의지해서 말을 꺼냈음에
도 불구하고, 전부 꺼내지는 못했다. 그럴 수 없
었다. 어떤 안전장치도 안전하지 않다는 것을, 고
백하는 자는 고백하는 동안 본능적으로 알아채는
것이다. 그래서 말이 줄어드는 것이다. 그래서 완
전히 고백하지 못하는 것이다. 그러나 이 사실을
아는 자는 고백하는 자만이 아니다. 한중수는 타
나엘의 고백을 들을 때 자신의 내부에 휘몰아치

던 회오리, 걷잡을 길 없던 두근거림과 전율에 대해 생각했다. 그는 타나엘이 신과 양심 앞에서 온전하고 정직하게 고백하기를 바라면서 동시에 온전하고 정직하게 고백할까봐 조마조마했다. 그는 타나엘이 온전히, 망설임 없이 자기 귀에 대고 글을 쓰기를 바라면서 동시에 온전히, 망설임 없이 자기 귀에 글을 쓰는 일이 정말로 일어나면 몹시 난처할 거라는 생각도 같이 했다. 그는 차라리 타나엘이 완전한 고백의 충동을 거둬들이기를 바랐다. 그렇지 않을 경우, 상대가 온전히, 하나도 빼놓지 않고 전부 고백하려고 할 경우 그것을 듣지 않을 수 있는 방법은 하나였다. 사이렌 소리. 그의 머릿속 한복판에서 사이렌 소리가 시작되기를 그는 바랐다. 차라리 그 요란한 사이렌 소리를 견디는 편이 낫다고 생각할 만큼 타인의 영혼 깊은 곳에 숨겨진, 벌거숭이의 진실과 마주치는 것은 두려운 일이었다. 그리고 한중수의 바람은 이루어졌다. 바람대로 그의 머릿속에서 실제로 사이렌 소리가 울렸다. 그는 머릿속 사이렌 소리를 견디는 고통을 택함으로써 타나엘의, 혹시 할지

도 모르는, 온전하고 정직한 고백으로부터 피신
했다. 그것은 위험을 예감한 뱃사람들이 밀랍으
로 귀를 막는 행위와 다르지 않았다. 그는 사이렌
으로 귀를 막았고 그러자 세이렌의 소리는 들리
지 않았다. 그러니까 그는 타나엘이 말한 것을 전
부 들었다고 할 수 없다. 그러니까 그는 타나엘이
신과 양심 앞에 하나도 빼놓지 않고 온전하고 정
직하게 말하지 않았다고 말할 수 없고, 말했다고
말할 수도 없다. 어떤 내용은 듣는 것이 말하는
것만큼 힘들다. 그가 듣는 것이 그가 말하지 않은
것을 손가락으로 가리키는 경우에 그렇다. 한중
수는 그 손가락을 피하기 위해 귀를 밀랍으로 막
았다. 머릿속의 사이렌을 불러냄으로써 세이렌의
위협에서 벗어났다.

26

어렵게 말하는 사람에게 알아듣기 어렵게 말하려는 목적이 있는 것은 아니다. 어렵게 말하는 사람은 쉽게 말하는 것이 어려운 사람일 뿐이다. 쉽게 말하는 사람의 거침없음이 그에게는 없다. 이것은 정직성과는 다른 문제이다. 자기를 변호, 또는 보호해야 하고 타인의 반응을 예상, 또는 대비해야 하는 사람의 말은 직선일 수 없고 짧을 수 없다. 직선의, 짧은, 거침없는 문장은 권력자의 것이거나 바보의 것이다. 권력자나 바보는 고백을 모른다. 고백은 비밀을 가진 자의 문장인데 권력자와 바보에게는 비밀이 없기 때문이다.

27

한중수는 집 앞에서 핍을 만났다. 그는 평소와 달리 양손에 시장바구니를 하나씩 들고 있었다. 꽤 무거워 보였다. 한중수가 들어주겠다고 하자 한쪽 바구니를 맡겼다. 달걀과 생선과 돼지고기와 음료수와 포도주와 야채들이 보였다. 뭘 이렇게 많이 샀어요? 하고 한중수가 묻자 핍은 의외의 천진스런 미소를 띠며 다음 날이 아내 생일이라고 대답했다. 아내가 자기가 만들어주는 생선조림을 아주 좋아한다고 말하는 그의 얼굴에는 모처럼 환한 기운이 돌았다. 아내가 좋아하는 음식을 아내를 위해 만들려는 생각만으로 행복해하는 늙은 남자의 모습이 낯설고 어쩐지 어색해서 한중수는 그를 외면한 채, 음식을 만들어서 병원으로 가져가려고요? 하고 물었다. "집으로 데리고 오려고 해. 나야가 아주 많이 집에 오고 싶어 하거든. 나야가 집을 그리워해. 생일잔치를 집에서 할 거야. 나야를 집으로 데리고 올 거야." 그러면서 그는 한중수를 초대했다. 한중수는 자기야말로 방 안에 웅크려 있고 싶은 심정이었으나 복잡한 마음을 내보이고 싶지 않아서 그러겠다고 했다. 지난번에 병원에서 그가 부인을 위해 책 읽어주는 장면을 보았다는 말을 하려다가 그만두었다. 그에게는 특별해 보이는 그 일이 노인에게는 아침에 일어나고 밤에 잠드는 것처럼 평범한 일상에 불과할 거라는 생각이 들었기 때문이다. 핍은 오랫동안 방치되어 있던 정원을 두 시간 동안 손질했다. 떨어진 나뭇잎을 주워 담고 풀을 깎고 파헤쳐진 땅을 골랐다. 한중수도 가만히 있을 수 없어서 거들었다. 땀을 흘리며 일을 하다 보니 마음이 좀 다스려지는 것처럼 느껴졌다. 뜻밖의 육체 활동이 정신의 작용을 둔화시켜놓은 탓에 생긴 착각이라고 할 수 있었다. 그렇다고 해도 육체 노동의 효험을 일부러 깎아내릴 필요는 없었다. 모처럼 집 안에 활기가 도는 것 같은 기분이 싫지 않았다. 조용하기만 한 집이 공동묘지처럼 여겨져서 늘 기분이 찜찜했었다. 집은 둘이 살기에 너무 넓은데 그 둘은 죽은 사람처럼 살았다. 죽은 자는 산 자에게 말을 걸지 않는다. 한중수는 죽은 자의 집과 같은 큰 집에 저 혼자 살고 있는 것 같은 느낌을 자주 받았다. 누군가 있다면 이미 죽은 자일 것이다. 옷자락 스치는 소리도 나지 않는 1층의 거주자는 아마 유령일 것이다. 1층의 거주자에게는 2층의 거주자인 자신 역시 유령이나 다름없는 존재일 것이다. 그런 생각이 들면 오싹해졌었는데, 나뭇잎을 긁어 한곳에 모으는 작업을 같이 하다 보니 마음이 편해졌다. 괴팍하고 음침한 늙은이로 보였던 핍의 처음 인상이 조금씩 수정되어가는 것도 나쁘지 않았다. 식구 같은 친근함까지는 아니지만 유령과 같은 이상한 사람이 아래층에 살고 있다는 찜찜한 상상으로부터 벗어날 수 있게 된 것은 다행이었다. 그는 콧노래를 흥얼거리기까지 했다. 더구나 다음 날은 이 집에 한 사람이 더 온다. 그 한 사람을 맞이하기 위해 집 안을 손질하고 음식을 장만하지 않는가. 그한 사람은 손님으로 오지만 사실은 주인이다. 주인이 손님으로 오는 것이다. 그러니까 핍과 한중수의 집 안 정리는 손님을 맞기 위한 준비이면서 동시에 오래 집을 비운 주인을 맞이하기 위한 준비이기도 했다. 손님은 주인을 맞는 것처럼 맞이해야 하고 주인은 손님을 맞는 것처럼 맞이해야 한다. 한중수는 그 일을 자기에게 밀어닥친 내부의 혼란을 다스리는 기회로 삼고자 했다. 한중수는 밤늦게까지 음식 냄새를 맡았다. 친근한 생선조림 냄새도 맡았다. 한중수는 식욕이 내장 속에서 불타올라 쉬 잠들 수 없었다. 다음 날 아침 게걸스럽게 음식 먹는 꿈을 꾸다가 깨어난 그는 좀 부끄러웠다. 그러나 세상의 끝에서 맛볼 생선조림에 대한 기대는 사그라들지 않았다. 짧은 아침 산책을 하고 들어오는 길에 한중수는 케이크와 꽃을 샀다. 생일 카드도 한 장 샀다. 아픈 사람에게 무슨 말을 쓰는 게 좋을지 판단이 서지 않아

서, 어떤 말은 결례가 될 것 같고 어떤 말은 가식
으로 느껴질 것 같아서 이런 문구 저런 문구 궁리
하다가 그냥 '생신 축하합니다'라고만 썼다. 가지
고 있는 옷 가운데 가장 좋은 옷을 꺼내 입고 1층
의 동정을 살폈다. 이제나저제나 자기를 부를 시
간을 기다리며 오전을 다 보냈다. 정오가 지났는
데도 집 안이 조용했다. 그것은 여느 때와 다르지
않았으므로 이상하지 않았다. 그러나 그날은 여
느 때와 달라야 하는 날이었으므로 한중수는 고
개를 갸우뚱했다. 핍에게 초대 시간을 물어보지
않은 것이 후회되었다. 기다리는 사이에 점심시
간이 지나버렸으므로, 그리고 손님 초대는 대개
저녁에 하는 것이 일반적이니까, 또 핍은 주인공
인 나야를 병원에서 집으로 데리고 와야 할 테니
까 아마 저녁 식사에 부를 모양이라고 혼자 생각
하고 마음을 누그러뜨렸다. 그래도 한중수는 핍
이 언제 부를지 모르니까 그날은 외출하지 않고
집을 지키기로 했다. 캉탕에 온 후 처음 있는 일
이었다. 책을 읽다가 잠깐 졸긴 했지만 신경은 온
통 1층에 집중해 있었다. 잠깐 졸긴 했지만 무슨

소리가 났다면 듣지 못했을 리 없다고 그는 자부한다. 노인과 그가 사는 큰 집은 다른 날 오후와 마찬가지로 조용하고, 어제 오후와 달리 유령 둘이 사는 집 같았다. 그는 핍이 집을 나가는 기척을 듣지 못했다. 그러나 그가 집에서 나가는 소리를 듣지 못한 것이 한두 번이 아니었으므로 특별한 일이라고 할 수 없었다. 그는 핍이 집에 들어오는 기척도 듣지 못했다. 그러나 그가 집에 들어오는 소리를 듣지 못한 것이 한두 번이 아니었으므로 특별한 일이라고 할 수 없었다. 그렇지만 해가 지고 어두워졌는데도 여전히 아무 기척도 들리지 않은 것은 특별한 일이 아니라고 할 수 없었다. 한중수는 의아했고 혼란스러웠고 걱정이 되었다. 그는 2층 계단을 내려와 조심스럽게 1층의 기척을 살폈다. 어떤 기척도 느껴지지 않았다. 그는 헛기침을 하고 문을 두드렸다. 아무 소리도 들리지 않았다. 안에 계세요? 하고 불러보았다. 역시 대답이 없었다. 그는 살짝 문을 밀었다. 문은 움직이지 않았다. 조금 힘을 주어 밀었다. 역시 움직이지 않았다. 의아함과 혼란과 걱정이 한꺼번에 다시 밀려왔다. 어떤 상황인지, 무슨 일이 일어났는지, 어떻게 해야 하는지, 이리저리 어지럽게 휘젓고 다니는 생각의 갈래를 잡아 정리하는 데 얼마간의 시간이 필요했다. 핍은 나야를 데리러 병원에 갔을 것이다. 나야의 생일을 집에서 축하해줄 계획이었으니까. 이 집의 주인인 나야가 집에 오고 싶어 했으니까. 그들이 집에 아직 오지 않은 것은 오지 못할 사정이 생겼기 때문일 것이다. 가령 잠든 나야가 깨어나거나 몸 상태가 좋아지기를 기다리느라 늦어지고 있는지 모른다. 늦도록 잠에서 깨지 않거나 몸 상태가 좋아지지 않으면, 그때는 집에 오는 걸 포기하고 병실에서 생일 케이크를 자르고 생일 축하 노래를 부르겠지. 그럴 경우에는 나야가 집으로 오는 대신 핍이 병실에 남을 것이다. 나야 곁에서 밤을 새울 것이다. 언제나처럼 핍이 책을 읽어주면 나야는 잠이 들겠지. 그러니까 의아해할 필요 없고, 혼란스러워할 필요 없고, 걱정할 필요도 없다. 한중수는 그렇게 생각을 정리하고 늦게라도 올지 모르는 그들을 편한 마음으로 기다리기로 했다. 늦게라도 올지 모르는 손님이며 주인인 나야를 맞이하기 위해 잠들지 않고 신경을 곤두세우고 있기로 했다. 한중수는 별이 쏟아져 내리는 정원을 서성이며 그들을 기다렸다. 그러나 자정이 넘도록 그들은 돌아오지 않았고, 어떤 연락도 없었기 때문에 한중수는 아침에 준비한 케이크와 꽃과 카드를 1층 문 앞에 두고 2층으로 올라와 마른 빵을 우유에 찍어 요기하고 잠을 청했다. 다음 날 아침에 습관대로 산책을 하려고 집을 나서던 한중수는 1층 문 앞에 어젯밤 그가 놓아둔 대로 놓여 있는 케이크와 꽃과 카드를 보았다. 그는 의아해하며 문을 두드렸다. 아무 소리도 들리지 않았다. 안에 계세요? 하고 불러보았다. 대답이 없었다. 살짝 문을 밀었다. 문은 움직이지 않았다. 조금 힘을 주어 밀었다. 역시 움직이지 않았다. 한중수는 고개를 갸웃하고 집을 나섰다. 그는 이리저리 휘젓고 다니는 생각의 갈래를 정리하는 데 시간을 허비하지 않기로 했다. 무슨 일인가가 생긴 거지. 무슨 일이든 생기는 게 인생 아닌가. 그는 빠르게 걸었다. 늘 걷던 길을 따라 걸었다. 마을에서 꽤 떨어진 해안에서 그는 바다를 향해 동상처럼 앉아 있는 핍을 보았다. 그가 찾은 것은 아니지만 찾지 않은 것도 아니었다. 캉탕은 작은 도시이고 그의 산책 코스는 일정해서 어느 정도는 예상할 수 있는 일이었다. 핍은 꿈쩍도 하지 않았다. 그 자세로 앉아 밤을 새웠는지 모른다는 생각이 들자 한중수는 그를 찾은 것이 반갑기도 하고 거북하기도 했다. 안도감과 함께 알 수 없는 부담감도 같이 느껴졌다. 한중수는 핍이 걱정되었지만, 그것은 사실이었지만, 어지럽게 뭉친 덩어리와 같은 그의 사연들이 한꺼번에 풀려 나와 감당할 수 없게 될지 모르는 상황을 우려했다. 그 우려는 본능적이었고 막무가내였다. 타인에 대한 걱정보다 자기를 위한 우려가 항상 더 우세했다. 그는 머릿속의 사이렌 소리를 깨우고 싶지 않았다. 한중수가 이번에도 우두커니 앉아 있는 핍에게 다가가지 못하고 뒷모습만 바라보며 서 있었던 것은 그 때문이었다. 아무 행동도 하지 않고 그 자리를 벗어나기 위해 한중수는 산책에서 돌아오는 길에도 그가 여전히 그 모습 그대로 앉아 있다면 그때는 외면하지 않고 저간의 사정을 알아보겠다고 자기에게 약속했다. 두 시간 후에도 핍이 그 자리에 그대로 앉아 있었기 때문에 한중수는 자기와의 약속을 지키지 않을 수 없었다. 한중수는 그의 옆에 말없이 앉았다. 핍은 고개를 돌려 힐끗 쳐다보았지만 이내 바다로 시선을 돌려버렸다. 파도는 쉼 없이 몸을 뒤치며 해안으로 몰려왔다. 파도에 반사된 빛이 눈을 쏘았다. 파도는 오라고 부르는 것 같기도 하고 가라고 내모는 것 같기도 했다. 어지러웠다. 그는 시선을 멀리 보냈다. 수평선은 낭떠러지처럼 보였다. 물들이 몰려가서 폭포처럼 떨어지는 것 같았다. 자신이 물을 따라가 낭떠러지 아래로 곤두박질치는 그림이 그려져 한중수는 눈에 띄지 않게 몸서리쳤다. 나야의 생일은, 하고 말을 꺼냈다가 얼른 입을 닫았다. 계획과는 달리 나야를 데려올 수 없는 일이 생겼을 것이고, 그녀가 병상에 누워 있는 환자라는 점을 생각하면 그것이 어떤 일일지 추측이 가능했다. 구태여 그의 입을 통해 들을 이유가 없다는 생각의 저변에는 추측이 가능한 어떤 일을 거부하려는 마음이 도사리고 있었다. 그는 말없이 그 사람 옆에, 그 사람처럼 앉아 견디는 편을 택했다. 그 정도는 해야 도리일 것 같았다. 그 정도는 할 수 있을 것 같았다. 철썩이는 파도 소리가 요란했다. 그 밖에는 아무 소리도 들리지 않았다. 한참 후에 핍이 바다 먼 곳을 손으로 가리켰다. "까마득히 먼 곳, 저기 저 아득한 곳에서 헤엄쳐 왔어. 무한히 넓고 한없이 막막했지. 나는 눈에 보이지도 않는 우주의 먼지와 같았어. 우주는 쉼 없이 출렁였지. 아마 사흘은 출렁이는 물 위에 떠 있었을 거야. 열흘이었는지도 모르지. 여기로 올 때 말이야. 해가 떴다가 지고 어두워졌다가 밝아졌지. 시간은 달아나버렸어. 헤아릴 여유가 없었지." 파도 소리에 섞인 그의 말은 한중수의 귀에 또렷하게 들리지 않았다. 한중수는 잘 들으려고 귀를 모으고 그쪽으로 몸을 기울였다. "바다 한복판에서 물속으로 뛰어들 때 나는 내가 목숨을 유지할 거라고 생각하지 않았어. 나는 그때 죽었어. 죽으려고 뛰어든 건 아니야. 죽어도 상관없다는 거였지. 죽은 다음에도 살 거라고 생각하지 않았어. 그때 죽었으니까 산 줄 몰랐지. 산 줄 모르고 살았지. 바닷물 속으로 빠진 심청이 들어간 곳이 용궁이었지 아마. 용궁에서 죽지 않고 살았지. 용궁이 있어서 죽지 않고 살았던 거지. 말하자면 나도 그랬던 거야." 귀를 모으고 몸을 기울였지만 파도 소리가 워낙 크고 상대적으로 그의 목소리는 작아서 여전히 정확히 알아듣기는 어려웠다. 그러나 그가 정착한 캉탕을 심청의 용궁에 비유하고 있다는 것은 알아들을 수 있었다. 그래서 한중수는 심청이 다시 용궁에서 나온다는 사실을 상기시켜주었다. "나는 죽은 사람이야. 죽은 사람은 움직일 수 없지. 나는 여기서만 산 사람이야. 여기는 죽은 내가 사는 곳이야." 핍은 아주 조그만 목소리로 말했다. 그러나 그 말은 요란한 파도 소리를 뚫고 한중수의 귀에 또렷이 들어와 박혔다.

28

요나는 배의 맨 아래 칸에 누워 잠자고 있다
가 선원들에게 붙들려 갑판으로 올라왔다. 그리
고 제비 뽑힌 자가 되어 바다에 던져진다. 공양
미 3백 석과 목숨을 바꾼 심청은 인당수에서 몸
을 던진다. 고래가 요나를, 용궁이 심청을 삼킨
다. 핍을 삼킨 것은 캉탕이었다. 핍은 어떻게 삼
켜지는 자가 되었을까. 왜 바다로 뛰어드는 자
가 되었을까. 바다로 뛰어들기 전에 그가 탄 배
에서는 무슨 일이 있었을까. 그 배에서 그는 어
떤 사람이었을까. 그들 각자의 사연을 가진 요나
도 심청도 사연을 가진 채 물속으로 뛰어들지는

않았다. 사연의 주인은 물속에 빠져도 사연은 물속에 빠지지 않는다. 그들이 물속으로 뛰어든 뒤에, 그러니까 물 위에 그들의 사연이 남았다. 핍은 사방이 물인 어두운 바다를 소리 죽인 채 떠도는 큰 배와 같다. 그 배에서는 무슨 일인가가 일어난다. 무슨 일이든 일어난다. 무슨 일이든 일어나는 것이 인생이다. 무슨 일이든 일어나지만, 무슨 일이 일어나도 그 안에 있지 않는 한 알 수 없는 것이 또 인생이다. 무슨 일이 일어나도 무슨 일도 일어나지 않은 것처럼 캄캄하고 조용한 배, 핍은 그런 배를 떠올리게 한다. 선실 가장 깊은 곳을 갑판은 상상할 수 없다. 삼킨 자는 토해낸다. 고래는 요나를, 용궁은 심청을 토해낸다. 캉탕은 핍을 토해내지 않는다. 나는 상상한다. 캉탕이 고래나 용궁과 같지 않은 것이 아니라 핍이 요나나 심청과 같지 않다. 캉탕이 토해내지 않은 것이 아니라 핍이 토해내지기를 거부한다. 그는 뒤돌아보지 않는 자이다. 아니, 뒤돌아볼 수 없는 자이다. 그는 배에서 뛰어내렸지만 여전히 선실 가장 깊은 곳에 웅크리고 있다. 그는 갑판 위로 올라오지 않는다.

29

축제 마지막 날 한중수는 피쿼드의 3층 테라
스에 앉았다. 그것은 무대가 가장 잘 보이는 특별
석과 같았다. 피쿼드 일등항해사의 배려로 특별
히 선택된 몇 사람이 그곳에 초대되었다. 주로 나
이 든 마을 어른들이었다. 한중수를 빼면 서로 잘
아는 사이여서 그런지 그들은 편안하고 유쾌하
게 대화를 주고받았다. 그들 중에 몇 명은 한중수
도 본 적이 있었다. 그렇지만 대부분은 처음 보는
얼굴이었고, 전에 본 적이 있는 사람들도 어색하
기는 마찬가지여서 한중수는 쑥스러운 미소를 지
은 채 구석에 앉아 정면만 바라보았다. 그래서 눈

앞의 전경이 더 잘 보였다. 바다는 유난히 푸른빛을 쏘아 올리고 있었다. 방파제에 설치해놓은 돛대 모양의 탑은 그 푸른 바다에서 솟구쳐 올라온 기이한 생명체를 떠올리게 했다. 한중수는 물속의 거대한 생명체인 고래가 장대를 짚고 높이뛰기 하는 상상을 했다. 그렇게 높이 뛸 능력이 없는 사람들이 그 높이까지 올라가려고 줄을 서서 기다리고 있었다. 파다, 이른바 뽑힌 자들이었다. 그들이 그 꼭대기로 올라가려고 하는 것은 뛰어내리기 위해서이다. 뛰어내리기는 파다, 즉 제물이 되는 것, 바다에게 먹히는 것. 파다들은 자기를 제물로 바침으로써 소원이 성취되기를 바란다. 하지만 제물에게 소원이 있다는 것은 모순이 아닌가. 제사자의 소원이 담겨 있는 물건이나 짐승을 제물이라고 한다. 제물은 제사자가 담은 소원을 담고 있을 뿐 자기 소원을 담을 수는 없다. 제물이 무엇을 바라거나 추구할 수는 없다. 제물은 놓인다. 놓는 자에 의해 놓인다. 소원은 놓는 자의 것이지 놓이는 자의 것이 아니다. 그러니까 그 소원이 제물의 것인 한, 이루어질 거라고 기대

할 수 없다. 뛰어내리기 위해 그 자리에 올라가는 사람들이 그것을 모를까? 그럴 리 없다. 그들은 제물이면서 동시에 제물을 바치는 제사장이기도 하다. 그들은 제사자로 바치고 제물로 바쳐지기를 원한다. 제사자와 제물이 한 몸이다. 제사는 놀이가 되었지만, 그 단순한 놀이가 사람들을 끌어당기는 것은 그 기원에 놀이와는 전혀 상관없는 어떤 것이 들어 있기 때문이다. 인신 공양 제사는 놀거나 즐길 수 있는 것이 아니다. 놀거나 즐길 수 없는 것을 놀고 즐기는 사람의 의식 속에서 스멀거리는 죄책감이 쾌감을 제공한다. 이 쾌감은 놀이의 흥겨움과 축제의 와자지껄 속에 숨겨진다. 그저 위에서 아래로 뛰어내릴 뿐인 단조롭기 그지없는 저 놀이를 구경하려고 여기저기서 몰려든 사람들을 달리 어떻게 설명할 수 있을까. 특별히 잘 보이는 이런 특별석이 만들어지는 까닭은 또 무엇일까? 피쿼드에서 본 적이 있는 차오드라는 이름을 가진 사람이 한중수를 다른 사람들에게 소개했다. 그는 국적과 직업을 틀리게 소개했다. 그 사람은 한중수가 요양 중이라고 소개했는데, 그것은 피쿼드에서 만나 인사를 나눌 때 이 세상 끝까지 무슨 일로 왔느냐는 질문에 한중수가 어떻게 말해야 할지 고민하다가 인생을 재설계할 필요가 있어서, 라고 약간 애매하게 말한 것을 그 사람이 나름대로 해석한 것인데, 듣고 보니 그 해석이 그럴듯하다는 생각이 들어 바로잡지 않았다. 요양하러 온 거라면 잘 온 거예요, 라고 다른 사람이 말했다. 초등학교 교사로 정년 퇴임한 지 6년 되었다는 사람이었다. 하지만 여긴 세상 끝이라고, 도무지 속을 알 수 없는 저 의뭉스러운 바다 말고는 보이는 것 없이 막막한 곳이라고, 잘못하다간 도리어 몸과 정신을, 특히 정신을 해칠 수 있으니까 조심해야 할 거라고 충고한 사람은 키가 장대처럼 크고 거기 있는 사람들 가운데 가장 나이 들어 보이는 노인이었다. 몇 사람이 고개를 끄덕였는데, 한중수는 그것이 노인이 한 말에 대한 동의의 표현인지 아니면 노인의 권위에 대한 인정의 표시인지 분간하기 어려웠다. 한중수가 피쿼드의 옛 주인인 핍의 집에 살고 있다는 설명이 이어지자 자연스럽게 화제가 핍에게로 옮겨갔다. 아무래도 나는 그 양반이 무엇에 씌었다고 생각해, 그러지 않고서 야 저렇게 이상해질 순 없지, 하고 초등학교 교사 로 정년 퇴임한 노인이 나쁜 꿈을 쫓아내기라도 하는 것처럼 고개를 절레절레 흔들며 말하자 한 중수를 소개하는 역할을 했던 차오드가, 무엇에 씌었다고 생각하는데? 하고 질문했고, 그러자 전 직 교사는 마치 그 질문을 예상하기라도 한 듯 지 체하지 않고, 과거지, 과거, 사람을 홀리는 건 과 거가 아니면 미랜데, 미래가 아닌 건 분명하니까, 저 나이에 무슨 미래겠어, 그러니까 과거일 수밖 에, 하고 대답했다. 다른 사람들은 그의 말을 곰 곰이 되짚어보는지 고개를 끄덕이거나 지그시 눈 을 감았다. "그 양반 어떻든가요?" 약간의 시간이 흐른 후 장대처럼 키가 크고 가장 연장자로 보이 는 노인이 한중수의 얼굴을 유심히 바라보며 물 었다. 탐색하듯 쏘아보는 눈빛이 예사롭지 않기 도 했거니와 질문의 내용이 무엇인지 정확히 이 해되지 않아서, 그리고 정확히 이해되지 않은 채 대답을 했다가는 공연히 오해를 불러일으킬 말을 하게 될 것 같아서 한중수는, 무엇을 묻는 거냐고 되물었다. "그 친구 상태 말이오. 몸이나 마음이나." 한중수는 핍의 건강 상태에 대해 자기 의견을 말하는 대신, 이틀 전에 있었던 일을 들려줬다. 아내의 생일을 집에서 치를 준비를 하고 자기를 초대한 그가 밤이 되도록 나타나지 않았다는 이야기를 하면서 한중수는 자기가 핍의 건강이 좋다고 말하는 건지 그 반대로 말하는 건지 의식하지 못했다. 그러나 그런 것은 문제가 되지 않았는데, 그의 말을 들은 그 키 큰 노인이 한중수의 말을 이해할 수 없다는 듯, 나야의 생일? 하고 말꼬리를 길게 뽑아 올리며 물었기 때문이다. 한중수는 자기가 들은 대로, 아내의 생일날 입원 중인 아내를 병원에서 데리고 나올 계획이었다고 대답했다. 그 대답은 질문한 노인만 아니라 듣고 있던 다른 사람들의 표정까지 흔들리게 만들었다. 피쿼드 3층 테라스 특별석에 앉은 캉탕의 유지들은 한중수의 궁금증을 오래 붙잡아두지 않았다. 핍은 아내의 생일을 집에서 준비할 수 없는데, 그것은 그녀가 이미 이 세상 사람이 아니기 때문이었다. 그녀는 3년 전에 세상을 떠났고, 그녀의 무덤은 해변이 바라보이는 언덕에 있었다. 혼란스러워진 한중수는 며칠 전에 병원에 있는 부인을 위해 책을 읽어주는 걸 봤다고 말했다. 그 말을 할 때 그의 목소리는 뜻밖의 소식을 갑자기 듣게 된 놀라움보다는 그 뜻밖의 소식을 예감하고 있었다는 사실을 감추려는 안간힘으로 인해 부자연스럽게 떨려서 나왔다. "그랬겠지. 늘 책을 읽어주러 병원에 가니까. 하지만 그가 책을 읽어주던 부인은 핍의 아내인 나야가 아니었을 거예요. 아내가 병원에 있을 때 극진했지. 한순간도 곁을 떠나지 않았어. 매일 옆에 앉아 책을 읽어주었다는 걸 아는 사람은 다 알지. 아내가 죽은 다음에도 그 일을 계속하고 있는 거고. 물론 나야와 같은 처지에 있는 사람들에게. 그렇게 함으로써 그 사람, 나야를 여전히 붙잡아두고 있는 거지." 다른 사람이, 책을 읽어주는 동안 핍은 실제로 나야가 자기 곁에 있다고 생각했을 거라고 거들었다. 듣기 전까지는 분명히 모르고 있었는데도 한중수는 전부터 알고 있던 사실을 확인받는 것 같은 느낌이 들었다. 그 묘한 느낌은 묘하지 않아서 이상했다. 한중수는 자기가 노인을 전적으로 신뢰하지 않아왔다는 사실을, 그런데도 그 사실을 의식하지 않으려 해왔다는 사실을 인정하지 않을 수 없었다. 피쿼드 3층 특별석의 노인들은 노인들 특유의 회고 취미와 오지랖과 지치지 않는 반복 진술을 발휘해 오래전의 핍과 현재의 핍을 뒤죽박죽 불러냈다. 한중수가 아는 것과 알지 못한 것, 부분적으로 알고 있는 것과 잘못 알고 있는 것들이 섞여 있었다. 어떤 부분은 그들끼리도 기억이 엇갈렸다. 가령 핍이 그 마을에 들어온 후 나야를 아내로 맞게 된 수십 년 전 일에 대해 어떤 노인은 태풍이 지나간 날 새벽에 해안가에 쓰러져 있는 그를 나야가 발견해서 집으로 데리고 들어가 살렸는데, 그때 두 사람 사이에 사랑의 감정이 생겼다고 하고, 어떤 노인은 거대한 고래잡이배가 기관 고장을 일으켜 캉탕에 왔을 때 그때 배에서 내린 그가 술에 취해 순진한 나야를 건드렸다고 했다. 가장 나이가 많은 노인이 자기가 사는 동안 큰 배가 항구로 들어온 적은 몇 번 있었

지만 배에서 내린 선원 가운데 이곳에 정착한 이
는 한 명도 없었다고 판결을 내리듯 말했다. 그
는 또 태풍이 지나간 다음에 핍이 해안가에 쓰러
져 있었다는 주장에 대해서도 고개를 저었다. 핍
은 어디서부터인지 모르지만 헤엄을 쳐서 캉탕
에 들어왔다는 것이 그가 기억하고 있는 내용이
었다. 땅 위에 올라온 그가 선술집 2층에 묵었는
데 어머니 일을 돕는 나야를 보고 반해서 구애를
했다는 것이었다. 그 노인의 말도 모든 이들의 동
의를 받지는 못했다. 핍이 첫눈에 반한 사람은 나
야가 아니라 나야의 어머니였다고 말한 이도 있
었다. 그가 캉탕에 처음 오던 날 마침 축제가 열
리고 있었는데, 파다 대열에 끼어 저 탑 위로 올
라갔다고 기억하는 이도 있었다. 그가 자발적으
로 올라간 것이 아니라 바다에서 헤엄쳐 온 그를
캉탕의 거친 남자들이 억지로 돛대 위에 세웠다
는 회고는 여러 사람의 지지를 받았다. 그때만 해
도 제비뽑기를 통해 파다를 정했기 때문에 바다
에서 올라온 외지인은 바다의 신에게 바치기 맞
춤한 제물로 여겨졌을 거라는 설명이었다. 그의

사연에 대해 증명할 수 없는 가지가지 소문이 퍼져 나간 것은 그 과정에 이루어진 조사와 신문의 여파였다. 배 안에서 사람을 죽이고 달아난 살인자, 선원 모두를 몰살시킨 거대한 바다 괴물을 혼자 처치하고 열흘 동안 헤엄쳐 캉탕에 도착한 영웅, 하늘이 신탁을 통해 계시한 나야를 만나기 위해 지구 반대편에서부터 고래 등을 타고 여기까지 온 열정의 연인. 충돌하는 이야기들의 진위를 가리기 위해 당연히 질문을 해야 했으나 그러기가 쉽지 않았다. 그들의 대화가 워낙 분주해서 틈이 없기도 했거니와 상반된 기억과 의견 제시에도 괘념치 않고 이야기를 쌓아가기만 하는 그들의 대화법에 어느 정도 말려든 때문이기도 했다. 핍이 어디서 왔는지, 어떻게 왔는지, 여기 오기 전에 어떤 삶을 살았는지에 대해서 분분한 이야기들이 오갔는데, 대화가 이어질수록 기억보다 상상의 후원을 받은 것으로 추정되는 내용이 더 많이 끼어드는 듯했다. 그들은 핍에 대한 기억을 화제로 이야기를 시작했지만 오래지 않아 이야기 자체를 즐기는 것으로 바뀌었다. 충돌하는 여러 기억 가운데서 사실을 추려내려는 노력을 하지 않고 오히려 더 많은 상이한 이야기들을 늘어놓는 데 주안점을 두는 것 같은 인상을 풍기는 것이 그 증거였다. 사실을 추려내어 이야기를 앙상하게 만드는 대신 충돌하는 기억들 전부를 뭉뚱그려 이야기를 풍성하게 만들려고 하는 것 같기도 했다. 풍성한 이야기의 살을 헤집어 앙상한 사실의 뼈를 추려내는 일의 무익함을 터득하고 있다고 해야 할까. 핍의 이야기가 전설처럼 되었다는 것은 그의 삶의 특별함을 시사한다기보다 이들의, 어쩌면 사람들 일반의 신기한 이야기에 대한 호감을 더 반영하는지 모른다는 생각이 노인들의 대화를 듣는 동안 한중수의 머릿속에 자리 잡았다. 그러나 한중수는 살을 헤집어 뼈를 추려내는 쪽에 기울어져 있는 사람이었다. 그는 그 풍성한 살들 속에서 애써 의심의 여지가 없는 몇 개의 앙상한 뼈를 추려냈는데, 핍이 혼자서 바다를 통해 캉탕으로 들어왔고 선술집에 들어갔고 선술집의 딸인 나야와의 사랑이 남달랐다는 정도였다. 그런데 그것은 그가 이미 알고 있는 사실이었고, 그러니까 굳이 추려낼 필요도 없는 내용이었다. 그때 방파제 쪽에서 첫 번째 파다를 소개하는 사회자의 목소리가 들렸다. 그것을 신호로 받아들이기라도 한 듯 노인들은 그때까지 이어오던 분주한 이야기판을 거둬들이고 충실한 관객이 되어 바다를 향해 몸을 돌렸다. 첫 번째 파다가 공중에 대고 무슨 소리인가를 질렀다. 그는 어떤 소원을 빌었는지 모르지만 듣는 사람에게는, 적어도 한중수의 귀에는 비명처럼 들렸다. 비명과 함께 그 사람은 날개를 접고 하강하는 새처럼 바다로 떨어졌다. 몰려 서 있던 사람들 속에서 환성이 터졌다. 3층 특별석의 노인들도 우와, 하고 반응을 보였는데, 속으로 잦아드는 그 소리는 어쩐지 신음 같았다. 한중수는 자기도 모르게 몸을 일으켰다. 그때까지 어떤 기대도 하지 않고 있었는데, 알 수 없는 몸 안의 충동이 그를 일어나게 했다. 그는 자신의 어떤 부분이, 이를테면 자기의 안쪽 깊숙한 곳에 숨어 있던 어떤 자아가 파다의 몸과 함께 그 돛대 모양의 탑 위에서 밑으로 떨어지고 있는 것 같은 느낌을 받았다. 낭떠러지의 물들이 그를 아래로 밀어 떨어뜨렸다. 약간의 어지럼증과 함께 몸 안의 장기들이 뒤집히고 거기에 들러붙어 있던 찌꺼기들이 모조리 떨어져 나가는 것 같았다. 파다는 이미 물보라를 일으키며 바다에 떨어져 헤엄을 치고 있었지만 그의 몸은, 그의 생각 속에서 여전히, 한없이 느리게 떨어지는 상태를 지속하고 있었다. 두 번째 파다가 떨어지고 세 번째 파다가 연속으로 떨어졌다. 가장 나이가 많은 노인이 10년 전만 해도 자기도 저기 올라갔었다고 회한 서린 한숨을 쉬었다. "저기 올라가서 발밑의 물을 바라보고 있으면 어떤지 아나, 젊은이? 아찔하지. 다리가 후들거려. 하지만 그건 잠시야. 아래에서 부르는 손짓이 느껴지면 두려움이 싹 가시지. 물결이 묘하게 일렁거리는 것이 꼭 어서 뛰어내리라고 손짓하는 것 같아. 두려움이나 어지러움 같은 게 사라지고 몽롱해지는 순간이 찾아오지. 그 순간이 오지 않으면 뛰어내릴 수 없어. 그 순간 내가 분리되는 체험을 해. 뛰어내리는 건 던지는 것이지. 몸을 날림으로써 무언가를 던져버리는 거야. 던지는 나와 던져지는 나는 공중에서 이별을 하지. 최고로 황홀한 순간이야. 쾌감이 하늘까지 치솟아 오르지. 던져져 물속에 빠진 나는 죽고, 던진 나는 물속에서 다른 내가 되어 올라오는 거야." 첨벙첨벙 파다들이 물속으로 계속해서 떨어졌다. 그 어느 순간에 한중수는 노랫소리를 들었다. 언제 들었는지 기억나지 않는 자장가였다. 들은 기억이 없는데 듣는 순간 바로 자장가라는 것이 깨달아졌다. 그런데도 따라 부를 수 없는 자장가였다. 듣는 순간 자장가라는 것을 깨달았지만, 그리고 음의 잔잔한 움직임이 여전히 머릿속에서 뱅글뱅글 돌지만 입으로 재생하려고 하면 되지 않는 것이 꼭 꿈속에서 난처한 상황을 겪고 있는 것만 같았다. 한중수는 오래전에 핍의 마음을 빼앗았던 나야의 노래를 자기가 듣고 있다고 생각했다. 그때 그가 들은 노래는 바다가 부른 노래였을 것이다. 바다가 나야의 입을 통해 노래를 불렀을 것이다. 나야는 바다였을 것이다. 그 부자연스러운 생각이 어찌나 자연스러운지 자기 머릿속 한가운데서 울리는 소리가 사이렌 소리가 아니라 자장가라는 사실을 의아하게 생각하지도 못했다.

30

마르세유의 콩셉시옹 병원에서 다리를 절단한
서른일곱 살 랭보의 마지막을 지킨 그의 누이 이
자벨 랭보는 랭보가 죽기 하루 전날 오빠의 문장
을 받아썼다. "저는 몸이 완전히 마비되었어요.
그러니 좀 빨리 배에 타고 싶습니다. 몇 시에 배
에 탈 수 있는지 말해주세요." 베를렌이 바람구두
를 신은 사람이라고 표현했던 랭보의 일생은 끊
임없는 걷기였다. 그는 여기서 저기로 부단히 걸
으며 세계를 떠돌았다. 랭보는 다리가 잘리고 두
팔이 마비되어 침대에 누워 있으면서도 자, 가자,
라고 헛소리를 했다고 그의 누이는 회고했다. 그

는 왜 그렇게 걸어야 했을까. 무엇이 그를 끊임없이 길 위에 서게 했을까. 한 철학자는 "도피의 열정"이라는 말로 그를 표현했다. 어딘가를 향해 가기 위해서가 아니라 어딘가로부터 떠나기 위해 그는 걸었다. 그는 도망치듯 걸었다. 어디로부터? 그에게 걷는다는 것은 있을 곳을 찾아가는 것이 아니라 있는 곳을 떠나는 것이다. 현재로부터 달아나는 것이다. 존재를 버리는 것이다. 도피에도 열정이 필요하다. 아니, 도피야말로 열정이 필요하다. 걷지 않는 자는 안주하는 자다. 도망칠 이유가 없거나 이유에 대한 각성이 없는 자는 도망치지 않는다. 적응은 도피의 열정을 가지지 않은 자의 결말이다. 시인이 무엇으로부터 도망쳤고 도망치려 한 것인지 추측하는 것은 어렵지 않다. 그런데 왜 그는 현재를, 있는 곳을, 존재를 떠나고 버리고 도망쳐야 했을까. 그것들이 왜 그렇게 끔찍했을까. 나는 상상한다. 형성에 대한 두려움, 고정된 어떤 형태가 만들어지는 것에 대한 거부, 그는 그가 이루어져가는 것을 못 견뎌한 것이 아닐까. 형태는 퇴적을 통해 이루어지는 것. 존재의 찌꺼기들이 쌓이고 뭉쳐서 만들어지는 퇴적물, 그 덩어리의 끔찍함을 요동치는 정신은 견디지 못한다. 쌓이고 뭉치기 전에, 쌓이고 뭉쳐 그를 끔찍한 덩어리로 바꿔놓기 전에, 죽은 과거가 되기 전에 필사적으로 떠나야 했던 것이 아닐까. 지상에서의 마지막 순간, 정신착란 상태에서 그는 자기를 배에 태워달라고 호소했다. "몇 시에 배에 탈 수 있는지 말해주세요." 그는 배에 올라타려고 한다. 그는 이제 지상이 아니라 저세상으로 건너가서 걸으려고 한다. 나는 상상한다. 그는 죽은 과거, 즉 퇴적 덩어리가 되지 않으려고 이 세상에 있는 동안 여기저기로 끊임없이 걸었고, 그리고 저세상을 걷기 위해 마침내 이 세상으로부터 도망친 것이라고.

　　그날 바닷속으로 뛰어내린 파다는 모두 서른
세 명이었다. 그 서른세 명 가운데 타나엘이 포함
되어 있었다는 사실을 한중수에게 알려준 것은
피쿼드의 일등항해사였다. 물속으로 들어간 파다
들은 모두 헤엄쳐서 밖으로 나왔다. 수영을 할 줄
모르는 사람은 파다에서 제외되었다. 그러고도
만약의 사고에 대비해 구명조끼를 입은 안전 요
원들이 보트 위에 타고 있었다. 혹시라도 허우적
거리는 사람이 있으면 그들이 튜브를 던졌다. 행
사 중에 세 번 튜브가 던져졌다. 그중 한 사람은
튜브를 거부하고 직접 헤엄쳐서 방파제로 올라

온 다음 안전 요원의 지나친 친절에 대해 항의했다. 그는 안전 요원들이 튜브를 던짐으로써 자기의 자존심을 물에 빠뜨렸다고 생각했다. 다른 두 사람도 굳이 튜브가 필요하지는 않았다는 입장이었다. 타나엘은 모습을 보이지 않았다. 그는 해임 통고를 받고 귀국을 명령받은 상태였으므로 그가 그날 떠났다고 해서 이상할 것은 없었다. 공교롭지만 그런 일은 드물지 않게 일어난다. 그는 언제든 떠날 수 있었다. 실제로 피쿼드의 일등항해사는 그가 곧 떠날 거라는 말을 여러 차례 들었었다. 언제든 떠날 수 있는 그가 하필 그날 떠났는가, 하고 질문할 수는 있지만 부정하거나 나무랄 수는 없다. 그의 방은 깨끗이 치워져 있었다. 그것은 떠난 사람의 자취였다. 피쿼드의 일등항해사는, 작별 인사나 하고 갈 일이지, 어째 성격이 그 모양인지, 하고 투덜거림으로써 타나엘이 본국으로 귀환했다는 믿음을 드러냈다. 그러나 한중수는 그렇게 쉽게 믿어버릴 수가 없었다. 아주 멀리서 왔다는 해임 통고에 대한 기억 때문이었다. 한중수는 바다에 떨어질 때 그가 무슨 소리를 토해냈는지 알고 싶었다. 꼭대기에 서서 아래를 내려다볼 때 그의 마음속에서 어떤 목소리가 일어났는지. 그것을 알고 싶어 한 것은 그가 신과 양심 앞에서 정직하고 온전한 자기 글쓰기를 완성했는지가 궁금해서였을 뿐 다른 이유는 없었다. 한중수가 바닷가에 오래 앉아 있는 시간이 많아진 것은 그것과 무관하지 않다. 바다는 얼마나 많은 사람들, 얼마나 많은 사람들의 이야기를 품고 있는 것일까. 얼마나 많은 고백들이 저 견고한 침묵 속에 묻혀 있는 것일까. 바다가 저렇게 검푸르고 탕탕하고 깊고 아득한 것은 그 많은 사연들을 담고 있기 때문이 아닐까. 바다는 닫힌 페이지처럼 완고했다. 한중수가 앉아 있을 때 핍이 그곳으로 오거나 핍이 앉아 있을 때 한중수가 그곳으로 갔다. 핍이 먼저 와서 앉아 있으면 나중에 온 한중수는 몇 걸음쯤 떨어진 곳에 자리를 잡고 앉아 핍과 같은 자세로 핍이 바라보는 바다를 바라보았다. 한중수가 먼저 와서 앉아 있으면 나중에 온 핍은 몇 걸음쯤 떨어진 곳에 자리를 잡고 앉아 한중수와 같은 자세로 한중수가 바라보는 바다를 바라보았다. 두 사람은 거의 구별되지 않았다. 두 사람 사이에 말이 끼어드는 일은 없었다. 가끔 노랫소리를 들었다. 따라 부를 수는 없지만 자장가가 분명한 그 노래는 검푸르고 탕탕하고 아득한 바다의 가장 깊은 곳에서 솟아올랐다. 아주 멀리서, 외계와도 같이 먼 시간으로부터 파도가 밀려왔다가 물러갔다. 바다는 거대한 배였고, 배는 내부에 온갖 것을 다 끌어안은 채 겉으로 태연한 사람이었다. 너 또한 그런 배가 아닌가, 하고 한중수는 자신을 향해 속삭였다. 사방이 물인 어두운 바다를 소리 죽인 채 떠도는 큰 배, 무슨 일이 일어나도 무슨 일도 일어나지 않은 것처럼 캄캄하고 조용하기만 한 배. 온갖 것들이 실리고 가지가지 사건이 벌어지고 크거나 작은 사연들이 축적되는, 혼란과 무질서와 모순과 갈등과 비밀과 부조화의 아수라장, 그 안에 발 들이지 않은 이는 결코 알 수 없는, 알 수 없기 때문에 함부로 말할 수 없는, 그런 장소가 네가 아닌가. 다른 배가 있는가. 한중수의 동업자인 후배는 빈틈없는 자신의 일정표를 보냄으로써 간접적으로 그의 복귀를 요구했다. J는 환자의 상태를 점검할 수 있도록 매일 빼먹지 말고 글을 써서 보낼 것을 종용하는 주치의로서의 메시지를 보내왔다. 한중수는 두 곳 모두에 답하지 않았다.

32

　핍은 『모비 딕』에 나오는 겁쟁이 흑인 소년의 이름이다. 손을 삐어서 노를 저을 수 없게 된 노 잡이를 대신하여 보트에 탄 그는 고래를 쫓던 도중 바다에 빠진다. 그런 일이 전에도 있었기 때문에, 물에 빠진 그를 구하느라 다시 또 고래 잡는 걸 포기하고 싶지 않은 그의 상사는 그를 구해주지 않는다. 보트는 그를 물속에 내버려두고 달린다. 불쌍한 핍은 무정하고 드넓은 바다 한가운데에서 허우적거린다. 나중에 본선이 나타나 그를 구출해주지만 구출된 것은 육체일 뿐 영혼은 바다에서 익사했다고 이 소설의 화자인 이슈메일은 전한다. "바다는 조롱하듯 그의 유한한 육체만 물 위에 띄웠고, 영원한 영혼은 익사시키고 만 것이다." 백치가 된 소년은 알아듣기 힘든 말을 중얼거리며 배의 갑판 위를 걸어 다니는 사람이 된다. 이슈메일이 계속해서 전하는 바에 의하면, 핍의 영혼은 놀랄 만큼 깊은 곳으로 끌려 내려가서 신처럼 어디에나 존재하는 수많은 산호충을 보았다. 그것들은 물로 이루어진 창공에서 거대한 천체를 들어 올리고 있었다. 거기서 핍은 신의 발이 베틀의 디딤판을 밟고 있는 것을 보았다고 말했다. '하늘의 분별'을 말하는 그는 미친 사람으로 간주된다. 그는 다른 사람이 되어서 산다. 혹시 이슈메일은 잘못 말한 것이 아닐까. 그때 그 무정하고 드넓은 바다에 빠져 익사한 것은 그의 육체이고 구출된 것은 그의 영혼이 아니었을까. 육체가 아니라 영혼만 살아서 이 세상의 갑판 위를 거닐고 있는 것이 아닐까.

* 허먼 멜빌의 소설 『모비 딕』은 작가정신에서 2011년에 출판한 김석희 번역을 참고했음.

'이야기'의 공간과 걷는 인간

이지은

*

모리스 블랑쇼Maurice Blanchot는 세이렌과 오디세우스의 만남을 통해 이야기récit를 소설roman과 구별한다. 소설이 오디세우스를 만남의 지점까지 이끌어 가는 항해, 곧 현실에서 있음직한 풍요로운 사건들의 기술이라면, 이야기는 소설이 멈춘 지점에서 시작되는, "한번 귀에 들어오면 모든 말 속에서 심연을 열고, 사람을 사라지게 만드는 그곳으로 강렬하게 꾀어가는" 세이렌의 노래이자, 노래에 이끌려 가는 움직임이다.[1] 그러나 오디세우스는 밀랍으로 선원들의 귀를 막고 자신의 몸은 돛대에 묶은 채 세이렌의 노래를 들었다. 어떠한 위험도 감수하지 않은 오디세우스에 의해 세이렌의 노래가 이끄는 '그곳'은 삭제되어버렸다. 반면 허먼 멜빌Herman Melville의 『모비 딕』에는 세이렌에 이끌려 심연으로 가라앉은 오디세우스가 있다. 그는 바로 거대한 흰 고래를 추격하다 침몰한 피쿼드호의 선장 에이해브. "오디세우스는 에이해브가 본 것을 몇 번인가 들었다. 하지만 그는 이렇게 들으면서도 완강하게 저항한 반면에 에이하브는 자신이 본 이미지 속으로 빨려 들어가 사라져 버린 것이다."2)

그런데 블랑쇼의 글에는 바닷속으로 던져진 또 다른 인물, 고래 배 속에서 사흘을 지낸 요나가 빠져 있다. 요나는 신의 낯을 피하려 배를 탔다. 요나가 탄 배는 폭풍우에 위태로워졌고, 신의 분노를 예감한 뱃사람들은 제비뽑기로 죄인을 가렸

1) 모리스 블랑쇼, 『도래할 책』, 심세광 옮김, 그린비, 2011, 13쪽.
2) 위의 책, 22쪽.

다. 제비가 요나를 가리켰기에 배 밑층 깊은 곳에 잠들어 있던 요나는 바다로 던져진다. 요나를 삼킨 바다가 고요해지니 요나는 죄인이자 동시에 구원자다. 구약의 「요나서」는 신의 심판을 예언하는 요나의 이야기지만, 신의 메시지는 구원에 있다. 신은 고래로 하여금 요나를 삼켜 육지에 이르게 하고, 그에게 심판의 예언을 완수하게 한다. 요나의 예언으로 도시는 신의 구원을 받는다.

　우리는 『캉탕』의 세계로 진입하기 위해 심연으로 가라앉은 자들의 이름을 기억해야 한다.

*

　『캉탕』은 이명증耳鳴症으로 괴로워하던 한중수가 친구이자 정신과 의사인 J의 권유에 따라 일상 세계를 떠나는 것으로 시작된다. J가 한중수에게 쥐여준 주소는 대서양의 작은 항구도시 캉탕. 웬만한 지도에는 나오지도 않는 캉탕은 J의 외삼촌 최기남이 나야를 만나 정박한 곳이다. 『모비 딕』

에 미친 최기남은 포경선을 탔는데, 태풍을 만난 배는 예정에 없던 항구에 닿았다. 그곳에서 최기남은 문득 노랫소리를 들었고, 노래를 쫓아간 곳에는 나야가 있었다. 최기남에게 나야는 세이렌이었고, "귀를 막을 밀랍이 없었고 자기 몸을 묶을 돛대 또한 없었"던(32쪽) 그는 이름을 핍이라 고치고 캉탕에 정착하게 되었다.

고래잡이배의 선원인 핍이 다가갔을 때 그녀는 모습을 가지고 있지 않았다. 달도 없는 깜깜한 밤에 철썩거리는 파도 소리를 반주 삼아 부르는 노래만 있었다. 세이렌이 그런 것처럼 그녀는 오직 노래로만 존재했다. (……) 이 노래는, 기억하지 못할 정도로, 기억하지 못하는데도 들었다고 믿을 정도로 근원적이다. (33-34쪽)

그런데 세이렌을 만나 배에서 내린 최기남은 왜 에이해브가 아니라 핍일까. 핍은 『모비 딕』의 포경선 피쿼드호에서 가장 어린 흑인 소년이다. 본래 핍은 쾌활하고 총명한 아이였는데, 바다에 빠졌다 구조된 이후 정신을 놓아버렸다. 알 수 없는 소리를 중얼거리는 핍을 두고 선원들은 그의 영혼은 바닷속에 빠진 채 육신만이 구조되었다고 수군댔다. 최기남이 핍이라 이름을 고친 것은 그 스스로 이전의 자신이 죽었다고 여기는 까닭이겠으나, 그것이 핍과 세이렌의 만남을 설명해주지는 못한다. '고래-사이렌'의 매혹에 이끌려 바닷속으로 빨려 들어갔던 이는 에이해브가 아니었던가? 멜빌의 『모비 딕』을 잠깐 경유하자.

오, 얼어붙은 하늘이여! 이곳을 굽어볼지니. 그대, 방탕한 조물주여, 그대는 이 불운한 아이를 낳고 그 아이를 버렸도다. 애야, 잘 들어라. 이제부터 에이해브의 선실은 에이해브가 살아 있는 한 핍의 집이 될 거다. 너는 내 가장 깊은 곳의 심금을 울리는구나. 내 마음의 실을 엮은 줄로 너는 나와 연결되었다. 자, 내려가자.[3]

3) 허먼 멜빌, 『모비딕』 (하), 강수정 옮김, 열린책들, 2013, 370-371쪽.

에이해브는 고래를 향한 자신의 집착이 선원들을 두렵게 한다는 것을 직감하고 있었고, 어쩌면 그 스스로도 자신의 광기를 겁내고 있었는지 모른다. 광적인 열망에 휩싸여 바다를 헤매는 에이해브는 자신의 모습을 핍에게서 발견했다. 영혼이 바다에 빠졌다는 점에서 에이해브와 핍은 동류였기 때문이다. 그러니 『캉탕』의 '최기남-핍'이 『모비 딕』의 에이해브와 여러 면에서 겹쳐지는 것은 당연하다. 에이해브가 포경선 피쿼드호의 선장이라면, '최기남-핍'은 선술집 피쿼드의 사장(주방장)이다. 뿐만 아니라 '최기남-핍'이 지내는 어두운 "1층은 흰 고래에 미친 선장 에이해브가 틀어박혀 지낸 선실처럼 음침하고 불길해서 다시 들어가고 싶은 마음이 생기지 않는 곳"(57-58쪽)이다. 그러니까 "에이해브의 선실은 에이해브가 살아 있는 한 핍의 집이 될 거"라는 약속은 『캉탕』에서 지켜진 셈이다. 최기남은 에이해브의 선실에 살고 있는 핍이자, '세이렌-고래'를 만나 침몰한 에이해브다.

그렇다면 최기남이 나야를 만나 정박한 캉탕은

'에이해브-핍'이 '세이렌-고래'를 만나 침몰한 곳, 소설이 멈춘 지점에서 시작된 이야기의 세계라고 하겠다. 그러나 이야기는 사건의 사후적 보고가 아니라 사건 그 자체라는 것을 명심하자. 『오디세이아』는 세이렌의 무덤이 되었지만 그들은 여전히 이곳에서 많은 사람들을 이야기의 공간으로 끌어들이고 있고, 침몰한 에이해브는 『모비 딕』이라는 책 속에서 고래와 만나고 있다. 블랑쇼는 "이야기란 어느 지점으로 향하는 운동인데, 그 지점은 그저 아무도 모르거나, 사람의 눈이 미치지 않거나 혹은 낯선 지점인 것만은 아니"라고 했다. "중요한 것은 이 운동을 떠나서는 어떠한 종류의 현실성도 가질 수 없는 그런 지점이다."4)

　『캉탕』의 모든 인물들은 어딘가로 이동하고 있다. '최기남-핍'은 나야를 만나 '바다에서 내려 캉탕에 정박'했다고 했지만, 사실은 "피쿼드호에서 내린 고래잡이 청년은 다른 피쿼드호로 갈아탄

---

4) 위의 책, 같은 쪽.

것"(69쪽)일 뿐이다. 항구에 세워진 선술집 피퀴드는 어두운 선실에 처박힌 에이해브 대신 일등항해사가 손님을 맞고 있다. 뿐만 아니라 한중수는 계속해서 걷고 있다. 한중수의 걷기에 "다른 도착의 자리는 없다."(134쪽) 점령되지 않는 앞을 향한 무한한 걷기다. 캉탕에선 모두가 이동하고 있다. 아니, 캉탕 그 자체가 이동하고 있는지도 모른다.

어떤 사람에게 바다가 큰 배에 다름 아니라면 다른 누군가에게는 이 세상이 큰 버스나 기차일 수 있다. 배에 탄 사람이 그런 것처럼 버스나 기차에 타고 있는 사람도 그곳에 사는 데 필요한 조건들이 두루 갖춰져 있고, 그곳에 아주 오래 머문다고 하더라도 다만 이동하고 있을 뿐 진정으로 살고 있는 것은 아니다. 정차할 때까지는 이 세상에서 내리지 않는다. 내릴 수 없기 때문이다. 그런데 이 바다는, 이 세상은 어디로 가는 중일까?
(26-27쪽)

마지막 문장을 다시 쓰자. 그런데, 『캉탕』은, 이 이야기는 어디로 가는 중일까?

*

선술집 피쿼드의 맨 안쪽 귀퉁이, "좁고 침침하고 냄새나고 바다가 보이는 창문도 없"(84쪽)는 작은 테이블에는 언제나 무언가를 쓰고 있는 타나엘이 있다. 그는 한 명의 개종자도 만들지 못한 선교사인데, 얼마 전 선교 단체로부터 해임통지를 받았다. 타나엘의 고향에서 발견된 오래된 시신 한 구가 그를 용의자로 지목하였기 때문이다. 선교 단체는 이 의혹과 관련된 사실을 거짓 없이 소명할 것을 지시했다. 타나엘이 쓰고 있던 것은 바로 이 소명서였는데, 그는 번번이 거짓 없이 과거를 마주 보는 일에 실패하고 있었다. 아무런 안전장치 없이 자신의 과거를 쓰는 일은 너무 위험하고, 그렇다고 안전장치를 마련해두면 그것은 거짓이 된다. 그렇게 실패를 거듭하던 중에 타나엘은 한중수를 만나 '새로운 쓰기의 방법'을 깨닫는다.

마침내 나는 그때 한중수 씨가 글을 쓰고 있었다는 결론을 내렸습니다. 말을 하는 방식으로 자기 글을 쓰고 있었구나 싶었습니다. 펜으로 노트에 쓰는 것이 아니라 입으로 내 귀에. (……) 안전이 보장되지 않으면 쓸 수 없는 글이 있습니다. 입으로 귀에 쓰는 건 가장 안전합니다. 적히는 순간 휘발되어 날아가버리기 때문입니다. 그래서 쓸 수 있습니다. (140-141쪽)

'새로운 쓰기'란 "말을 하는 방식으로" "입으로 귀에" 쓰는 것이다. 이는 말하는 순간 휘발되어버리기 때문에 안전하다. 그래서 솔직하게 말할 수 있다. 그러나 타나엘이 간과한 것도 있다. 이야기는 말하는 동안 '현실'로서 엄습한다. "한중수는 타나엘의 안전한 글쓰기를 위한 필기구"(141쪽)로 타나엘과 마주 보고 앉고, '입으로 귀에 쓰는' 타나엘의 말하기는 그 자신이 선교사가 되려 결심했던 그날, "자기가 매장한, 매장했다고 믿은 것이 과거의 자기가 아니라 마리의 몸이었던가, 하는 질문"(163쪽)으로 이어진다. 끝내 타나엘은 도망

처 온 자신의 과거, 가장 깊은 곳에 숨겨둔 자신의
죄를 마주하게 된 것이다. 그리고 캉탕 축제의 마
지막 날, 타나엘은 '파다(뽑힌 자)'라는 죄인이 되
어 바다로 떨어진다.

축제의 절정은 돛대를 상징하는 높은 나무 위
에서 물속으로 뛰어내리는 것이다. 이 행사는 축
제의 마지막 날 열린다. 전에는 제비뽑기를 해서
뽑힌 사람만 바다로 뛰어내리는 역할을 할 수 있
었다. 오래전의 의식, 바다의 신을 달래기 위해
뱃사람들이 행한 인신 공양의 흔적이다. 제비 뽑
힌 사람은 죄인이고, 죄인이지만 바다에 빠짐으
로써 이 배, 즉 공동체를 구하기 때문에 영웅이
다. 죄인만이 구원자가 된다. 신의 낯을 피해 배
의 밑창, 가장 깊은 곳에 누워 잠자고 있던 요나
는 제비뽑기를 통해 바다에 던져질 자로 정해진
다. (94-95쪽)

타나엘은 자신의 죄를 숨기고 '신의 낯을 피해'
캉탕으로 와 '피쿼드'의 어둡고 침침한 곳에 자리

잡았다. 그러나 결국 그는 '뽑힌 자'가 되어 바다로 던져진다. 타나엘의 행적은 앞서 기억했던 이름 중 하나를 떠올리게 한다. 신의 명을 받들지 않았던 요나, 제비가 죄인으로 지목했던 요나, 바다에 던져짐으로써 신의 구원을 전했던 요나 말이다. 회오리치는 바다 한가운데로 던져진 요나는 폭풍우에 휩쓴 배를 구했는데, 그렇다면 타나엘은 누구를 구한 것일까?

타나엘에 의해 구원받은 자는 한중수다. 한중수는 타나엘이 자기 고백의 어려움을 토로하는 도중에 머릿속을 울리는 극심한 이명—사이렌 소리—때문에 쓰러졌다. 자신의 죄로 육박해가는 타나엘의 말하기가 한중수의 방어 본능을 건드린 것이다. 한중수에겐 주치의 J에게조차 말하지 못한 비밀이 있었다. 그것은 노름꾼 아버지를 사람 취급하지 않았던 것, 아버지가 죽기를 바랐던 것, 아버지의 죽음을 방치했던 것에 대한 죄책감이었다. J에게는 '원인 모를 사이렌 소리'가 괴롭힌다고 하였으나, 한중수 자신은 보았던 것이다. "강연을 하는 자리에 앉아 그를 노려보던 아버지의 붉은 눈을. 눈에서 쏟아지던 붉은 피를. 어느 순간부터 아버지는 그가 강연을 하는 자리에 늘 나타나서 그를 노려봤"던 것이다.(174-175쪽)

타나엘과 한중수는 둘 다 '신의 낯을 피해' 캉탕으로 흘러온 죄인이었고, 타나엘은 '파다'가 됨으로써 배를 구하는 구원자가 되었다. 그리고 타나엘이 구원한 피쿼드에 타고 있었던 이는 한중수였다. 한중수는 타나엘을 통해 그간 (무)의식적으로 억압했던 자신의 죄를 직면하게 되었고, 이명은 죄책감으로부터 자신을 지키기 위한 폭력적 방어 수단이었음을 깨닫게 되었다. 다시 말해, 한중수에게는 그의 과거를 돌아보게 하는 모든 것들, 이를테면 청중 사이에서 그를 지켜보는 아버지의 붉은 눈이 세이렌의 노래였고, 이 노래에 끌려가지 않기 위해 그는 자기 머릿속의 사이렌을 울렸던 것이다. "그는 사이렌으로 귀를 막았고 그러자 세이렌의 소리는 들리지 않았다."(177쪽)

그러니까 『캉탕』은 자신의 과거를 향해, 죄의 근원을 향해 무한히 다가가는 '이야기'다. 단, 죄의 고백은 쓰이지 않는다. 그것은 말해진다. 죄는 인

간으로 하여금 스스로를 가리게 하므로 있는 그대
로의 글쓰기는 불가능하다. 순간순간 휘발되어버
리는 말하기만이 가능하다. 그러나 말하기는 언제
나 말하는 순간 그것을 다시 현재의 일로 만든다.
언급했듯 캉탕의 인물들은 끊임없이 이동하는 자
들인데, 이들은 동시에 끊임없이 이야기하는 자들
이기도 하다. 타나엘은 자신의 고백록을 '입으로
귀에 쓰'면서 죄를 대면하고, 픕은 죽은 나야를 향
해 책을 '읽어주면서' 그녀를 만난다. 그리고 무엇
보다 캉탕의 바다는 노래하며 '파다'를 이끈다. 바
다는 나야의 노래가 되어 최기남을 이끌었고, 죄
를 직면한 타나엘을 빨아 당겼으며, 한중수의 발
걸음을 당긴다. 캉탕의 바다는 더 많은 사람들을
끌어당기는, 그리하여 사람들의 이야기를 품고 있
는 이야기의 공간이다.

　저기 올라가서 발밑의 물을 바라보고 있으면
어떤지 아나, 젊은이? 아찔하지. 다리가 후들거
려. 하지만 그건 잠시야. 아래에서 부르는 손짓이
느껴지면 두려움이 싹 가시지. 물결이 묘하게 일

렁거리는 것이 꼭 어서 뛰어내리라고 손짓하는 것 같아. (206쪽)

*

한중수의 이야기는 『캉탕』이라는 책의 형태로 우리에게 도착했다. 이는 단지 수사적 표현이 아니다. 『캉탕』은 기록된 소설이지만, 여기엔 '입으로 귀에 쓰는' 한중수의 이야기가 담겨 있기도 하다. 『캉탕』은 0에서 32까지 총 33장으로 구성되어 있는데, 홀수 장이 한중수를 주인공으로 한 소설이라면, 짝수 장은 한중수의 이야기다. J는 한중수에게 현실을 떠나 캉탕으로 가라고 하면서, 다른 모든 일을 잊고 오직 '걷고 보고 쓰라'고 주문했다. J는 한중수가 의사의 지시에 따르고 있는지 확인하기 위해 쓴 것을 자신에게 보내라고 했다. 그러니 홀수 장이 한중수의 행적을 보여주는 소설이라면, 짝수 장은 한중수가 J에게 쓴 것이다.

마지막 질문이 남았다. J는 누구인가? 표면적으로 그는 한중수의 친구이자 정신과 의사다. 한중수는 가끔 "자기보다 J가 자기를 더 잘 안다는 생각"을 한다. 한중수의 마음에 "자리 잡고 있는 것을 그는 몰랐는데 J는 알았"기 때문이다.(16쪽) 한중수는 "J에게서 자기 목소리를 듣"는다.(48쪽) J의 뜻에 따라 캉탕으로 온 후, 한중수는 과제처럼 J에게 메모를 보냈다. J는 특별한 코멘트를 하지 않았지만, "J가 자기 글을 읽고 있다는 사실을 한중수는 의심하지 않았다". 한중수는 점차 J를 의식하지 않고 메모를 써 그에게 보냈는데, "J는 그의 말을 들어주는 다른 영역의 인격으로 존재했다."(83쪽) 한중수를 한중수보다 잘 알며, 그의 내면의 목소리로 말하는 자, 한중수의 말을 들어주는 다른 영역의 인격인 J는 누구인가?

그의 글은 일기와도 같고 기도와도 같았다. 자발성과 자구적 성격에 있어 일기와 기도는 같다. 일기는 자기를 향해 쓴 기도이고, 기도는 신을 향해 쓴 일기이다. (83-84쪽)

한중수의 글이 그 자신을 향해 쓴 기도이고 신

을 향해 쓴 일기라고 할 때, 한중수의 일기를 받는 J는 신Jesus이 아닐까. 따라서 짝수 장은 자신의 죄를 대면하기 위해 무한히 걸어가는 인간의 이야기이며, 모든 것을 알고 있는 신에게 보내는 기도다. 또한 지도에도 없는 '캉탕'으로 독자를 이끄는 이야기다.

『캉탕』은 『오디세이아』와 『모비 딕』이 멈춘 바로 그 지점에서 '캉탕'이라는 이야기의 공간을 연다. 그리고 이 공간에서 무한히 걷는 인간을 통해 '죄와 구원'이라는 신학적 주제를 성찰하고 있다. 우리는 어디로 걸어가고 있는가. 그 걸음이 곧 삶이고 걸음의 끝에 우리의 죄가 있다고 할 때, 삶은 곧 우리 자신을 향한 수행일 것이다. 그러니 수행의 기록인 『캉탕』을 '자기를 향해 쓴 기도이자 신을 향해 쓴 일기'라 불러도 좋겠다. 이때 '기도'와 '일기'는 이승우의 오랜 주제인 '신앙'과 '삶'을 정확하게 보여주는 글쓰기 양식일 뿐 아니라, 더욱 거짓 없이 쓰고자 하는 작가의 윤리적 일신一新이기도 하다. 또, 이러한 문학적 주제가 고전 텍스트와의 관계 속에서 '더욱 검푸르고 탕탕하고 깊고

아득한' 텍스트의 바다로 나타났다는 점은 한국
문학에서 이승우가 차지하는 대체 불가능한 자리
를 선명하게 드러낸다.

작가의 말

시간의 등에 타고 있는 사람이 시간에게 방향
이나 속도를 지시할 수 있는가. 시간이 하려고 하
거나 하려고 하지 않는 일에 이의를 제기할 능력
을 사람이 가지고 있는가. 그렇지 않다는 것을 몰
랐다고 할 수 있는가. 발 앞의 허들들을 허약한 사
랑의 구실로 내세울 수 있는가. 충분히 사랑하지
않은 것이 죄가 아니라고 말할 수 있는가. 저 가혹
한 신神인 시간 앞에 당당한 삶이 있는가. 당당하
지 않은 삶의 연유를 신의 가혹함에 떠넘길 수 있
는가.

그를, 당신을, 나를, 그러니까 시간을 기억하지

않으려는 안간힘으로, 나는 쓴다.

캉 탕

지은이 이승우
펴낸이 김영정

초판 1쇄 펴낸날 2019년 8월 25일
초판 8쇄 펴낸날 2024년 10월 31일

펴낸곳 (주) 현대문학
등록번호 제1-452호
주소 06532 서울시 서초구 신반포로 321(잠원동, 미래엔)
전화 02-2017-0280
팩스 02-516-5433
홈페이지 www.hdmh.co.kr

ISBN 978-89-7275-088-8 04810
      978-89-7275-889-1 (세트)

* 책값은 뒤표지에 있습니다.

현대문학 핀 시리즈 소설선 ────────

001	편혜영	죽은 자로 하여금
002	박형서	당신의 노후
003	김경욱	거울 보는 남자
004	윤성희	첫 문장
005	이기호	목양면 방화 사건 전말기—욥기 43장
006	정이현	알지 못하는 모든 신들에게
007	정용준	유령
008	김금희	나의 사랑, 매기
009	김성중	이슬라
010	손보미	우연의 신
011	백수린	친애하고, 친애하는
012	최은미	어제는 봄
013	김인숙	벚꽃의 우주
014	이혜경	기억의 습지
015	임철우	돌담에 속삭이는
016	최 윤	파랑대문
017	이승우	캉탕
018	하성란	크리스마스캐럴
019	임 현	당신과 다른 나
020	정지돈	야간 경비원의 일기
021	박민정	서독 이모
022	최정화	메모리 익스체인지
023	김엄지	폭죽무덤
024	김혜진	불과 나의 자서전
025	이영도	시하와 칸타의 장—마트 이야기
026	듀 나	아르카디아에도 나는 있었다
027	조 현	나, 이페머러의 수호자
028	백민석	플라스틱맨
029	김희선	죽음이 너희를 갈라놓을 때까지
030	최제훈	단지 살인마
031	정소현	가해자들
032	서유미	우리가 잃어버린 것
033	최진영	내가 되는 꿈
034	구병모	바늘과 가죽의 시詩
035	김미월	일주일의 세계
036	윤고은	도서관 런웨이